CONTOS
DE AMOR
E TERROR

CONTOS DE AMOR E TERROR
Edgar Allan Poe

TRADUÇÃO E NOTAS:
ELIANE FITTIPALDI PEREIRA
KATIA MARIA ORBERG

PREFÁCIO E POSFÁCIO:
ELIANE FITTIPALDI PEREIRA

SUMÁRIO

APRESENTAÇÃO
7

CONTOS DE AMOR E TERROR

O RETRATO OVAL
29

LIGEIA
37

BERENICE
63

MORELLA
79

ELEONORA
91

O ENCONTRO MARCADO
103

POSFÁCIO — DO QUE ESTAMOS FALANDO
QUANDO FALAMOS DE AMOR
125

APRESENTAÇÃO

*Eliane Fittipaldi Pereira**

MAIS POE?

O leitor entra na livraria em busca de uma boa tradução dos contos de Poe para o português e... não sabe qual das inúmeras coletâneas deve escolher. Algumas são assinadas por escritores e tradutores famosos; outras fazem parte de coleções tradicionais; outras ainda são bem atuais, com capas e ilustrações atraentes.

E nós, aqui, uma vez mais traduzindo Poe — escritor de domínio público, lido e relido e mais que acessível em todos os tipos de mídia. A um clique do *mouse*, descarrega-se um conto seu em qualquer língua do mundo, a qualquer momento, sem custo algum, em qualquer computador.

O que então justifica mais esta coleção, qual o seu diferencial?

---

* Eliane Fittipaldi Pereira é Mestre e Doutora em Letras pela Faculdade de Filosofia, Letras e Ciências Humanas da Universidade de São Paulo, onde também lecionou por algum tempo. Foi Professora de Língua Francesa, Literatura Norte-Americana e Teoria da Literatura na Pontifícia Universidade Católica de São Paulo e de Comunicação Empresarial na Fundação Getúlio Vargas. É tradutora de mais de 30 livros publicados por várias editoras e fez parte da equipe de tradutores que recebeu o Prêmio Jabuti na categoria "Tradução Científica" em 1979.

POE É POP?

Primeiramente, entendamos bem esta tradução no contexto do que Poe significa hoje.

Ele é, sim, um escritor que se tornou popular em função do fascínio que seus temas exercem — o mistério, o terror, a sondagem dos impulsos tenebrosos e desejos obscuros da alma humana. Poe é uma influência determinante em toda a nossa modernidade, o criador das histórias de detetive e das tramas de ficção científica, presente nas atualíssimas tendências fantásticas, góticas e *underground*. Mas ele é, acima de tudo, um esteta de talento que abriu caminhos para todas as correntes literárias de linha subjetivista e barroca que vieram depois dele. Trata-se de um escritor-crítico que tem pleno domínio da arte poética, um artífice que controla, com mão de ferro e cordas de alaúde, os efeitos que exerce em seu leitor. Um arquiteto do estilo que sabe estruturar um conto como poucos e, ainda que esse modo de estruturar possa ser posto em questão, é referência inegável na história da literatura e da crítica literária.

O conto não é mais o mesmo depois de Poe. Não se escreve mais da mesma maneira depois de Poe. Não se vê mais o mundo, a vida e a morte da mesma ótica depois de Poe.

Fundamental é, pois, conhecê-lo. E aqueles que não o leem no original também têm direito a ele.

Há muitos anos, em trabalho acadêmico, sugeri a seguinte situação:

imaginemos, por hipótese, um leitor culto e bastante sensível às qualidades estéticas de um texto literário, mas que só tenha acesso a esse texto (no caso específico, um conto de Poe) pela intermediação de um tradutor [...]. Teria esse leitor a oportunidade de realmente apreender os vários sentidos possíveis que se abrem e se entrecruzam no original? O trabalho que tem nas mãos é, também ele, uma obra de arte? No caso, a mesma que foi assinada por Poe ou outra ainda? O universo artístico que se apresenta à sua recepção é aquele cuja existência se fez necessária à Arte para ensinar aos deuses como é que se cria? Trata-se ainda de outro universo possível, único e diferenciado do primeiro, embora nele inspirado? Ou será que a própria Arte teria instigado mais um demiurgo (o tradutor) a fazê-lo melhor do que já era?[1]

Essa última pergunta me veio à mente, sobretudo, porque no trabalho em questão eu comparava o original de um conto de Poe com sua tradução feita por não menos que Baudelaire.

No caso deste livro que agora traduzimos, ainda se trata de assegurar ao leitor o direito à literariedade dentro de determinados parâmetros que procurarei esclarecer mais adiante.

---

[1] "*The Masque of the Red Death*", de *Edgar Allan Poe: Uma Leitura, Várias Traduções*, Dissertação de Mestrado, USP, São Paulo, 1988.

Mas, para chegar lá, vejo-me antes na obrigação de discutir algumas premissas relativas ao modo como Kátia Orberg e eu, tradutoras desta coleção, enfrentamos nossos originais e qual é a nossa concepção de tradução.

SOBRE A TAREFA DA TRADUÇÃO E OS DESAFIOS DO TRADUTOR

A palavra "tradução", segundo a etimologia latina (*traductione*), é o ato ou o efeito de transferir uma mensagem de uma língua ou linguagem para outra. E esse processo implica uma série de dificuldades empíricas e culturais, já que:
– as línguas não se correspondem;
– as realidades a serem transpostas nem sempre se correspondem;
– e, principalmente, as visões de mundo de emissores e receptores da(s) mensagem(ns) a ser traduzida(s) se correspondem menos ainda.

Considerando tudo isso, uma tradução bem-sucedida, mais que uma ciência, técnica ou arte, constitui quase um milagre: um ato que instaura uma realidade nova mas, ao mesmo tempo, afim com outra realidade que a precede; um ato que leva seres humanos de culturas e repertórios distintos a comunicar-se (palavra esta que vem do latim *comunicare:* tornar comum uma ideia, um pensamento, um sentimento, uma emoção e, no caso da tradução literária, também o estilo discursivo).

Nesse processo, o tradutor é aquele que torna compreensível o que era antes ininteligível e por isso ele é, antes de mais nada, hermeneuta — na origem grega, *hermeneutés*, aquele que interpretava os sentidos das palavras; aquele a quem cabia transpor, para a linguagem humana, a vontade divina e vice-versa, permitindo a comunicação entre os deuses e os homens; aquele que exprimia, explicitava e, como Hermes, o deus mensageiro, transitava entre falas.

Os hermeneutas da Grécia Antiga eram sacerdotes encarregados de interpretar o discurso da Pítia, ou pitonisa, para as pessoas que acorriam ao templo de Delfos em busca da ajuda do deus Apolo. A Pítia, sacerdotisa com inspiração profética, recebia as mensagens divinas em transes durante os quais pronunciava frases enigmáticas, expressões ambíguas ou sons desconexos.

Não sei quais eram as habilidades específicas de um sacerdote Antigo, nem tampouco se ele recebia algum tipo de treinamento para exercer sua função; mas sei que, hoje, um tradutor não pode prescindir de uma teoria que coloque à sua disposição um aparato racional que o leve a realizar os processos de transposição de uma língua para a outra com relativa segurança, sem no entanto se impor a esses processos e sem reduzir ou manipular o texto a partir de uma perspectiva formal ou "conteudista".

Digo "com relativa segurança" porque, quando lidamos com o discurso (principalmente o literário), sempre há o surpreendente, o inapreensível; e porque uma "ciência" da tradução nunca será tão "científica" como são, por exemplo, a física ou a química, nem tão "predominantemente técnica" como as que tratam da perfuração de poços de petróleo e da implantação das redes de telefonia celular.

Quando o tradutor se dedica a textos que tratam de assuntos como esses últimos (perfuração de petróleo e telefonia), conta com estratégias que permitem alcançar a maior proximidade linguística possível do original.

Novamente utilizo um vocabulário modalizador ao dizer "*predominantemente* técnicos" e "proximidade *possível*" porque tais assuntos podem vir a ser tratados com intenções comerciais, políticas ou de outro tipo, que determinam o seu modo de elocução. Mesmo a mais técnica das traduções requer, antes de qualquer coisa, uma relação muito particular entre o texto, o leitor e o pensamento do autor, assim como uma forte sensibilidade para a *interpretação do texto* — área de conhecimento não por acaso denominada *hermenêutica*.

É por isso — porque não há tradução sem interpretação e, portanto, sem hermenêutica — que, para falar de tradução literária (e de Poe), retorno a uma época em que os deuses ainda estavam vivos e os autores não estavam mortos. Mas nem por isso há que perder o pé neste nosso tempo em que se permite à linguagem dizer para além do escritor e em que a expressão "interpretar um texto" não mais significa reduzi-lo a um significado predominante ou oculto. Porque interpretar é não só garantir a comunicação de um grupo apelando para os significados tradicionais das palavras e do discurso, mas também desmistificar as pressuposições (pré-suposições) que transcendem esse discurso, desconstruí-lo e amplificar suas significâncias.

Depois que Nietzsche apontou para o caráter ideológico da linguagem; Freud, para a importância que tem nela o inconsciente; e Foucault, para o fato de que linguagem e poder estão necessariamente relacionados, seria ingênuo encarar qualquer texto literário, assim como sua interpretação e tradução, como passíveis de objetividade ou neutralidade. Todo tradutor deve ter em mente que o texto de chegada trará as marcas de sua leitura e de suas escolhas, para o bem e para o mal. Mas essas escolhas podem ser orientadas pela disposição para "ser todo ouvidos" e pela consciência de que a tarefa tradutória, hermenêutica que é, implica em "construir algo que 'não está construído'", "que se vai formando, de certo modo, de dentro, até alcançar sua própria figura". Quando isso acontece, ele desaparece, como hermeneuta e tradutor, para dar lugar ao "brilho da beleza" do texto original como "ser verdadeiro" e assim, "o texto fala".[2]

TRADUÇÃO LITERÁRIA: TÉCNICA E ARTE

Antes de tratar especificamente desta nossa tradução dos contos de Poe, falemos um pouco da tradução da obra literária em geral: aquela que mais nos desafia, que mais

---

[2] As expressões entre aspas são de Hans-Georg Gadamer em "Texto e interpretación", *Verdad y Metodo II*, ediciones Sígueme, Salamanca, 1998, p. 319-347.

exige de nossa argúcia, cultura, sensibilidade e intimidade com os deuses.

O texto que entendemos como *Literário* é o texto escrito que tem o predomínio da função estética, embora a palavra "literatura" seja hoje empregada por nossa cultura banalizadora para se referir a qualquer tipo de produção escrita: não é difícil encontrarmos expressões como "literatura médica", "literatura jurídica", "literatura psicanalítica" e até mesmo uma "literatura de ficção" bem instalada em nossa Academia Brasileira de Letras, mas que está longe de ser literária no sentido que nós, pessoas das Letras, atribuímos a essa palavra.

Falo aqui da verdadeira Arte: aquela que lida com a polissemia da palavra; aquela que (se ainda me é permitido usar essa imagem metafísica em uma época tão positivista) magicamente transmuta e refaz o universo "de um modo melhor do que o que fizeram os deuses".[3]

É nessa área que os melhores tradutores sentem a responsabilidade e o encantamento de se saberem hermeneutas — transmissores de mensagens míticas e divinas. E é nessa atividade que eles devem operar com mais humildade: porque, embora responsáveis pela transmissão do sagrado que há na Arte, são sujeitos ao erro e ao pecado.

E, além das dificuldades gerais da tradução, quais são aquelas que um tradutor de boa Literatura enfrenta?

Todas.

---

[3] Étienne Souriau, *A Correspondência das Artes*, Cultrix/Edusp, 1983, p. 264.

A maior e mais óbvia é aquela já mencionada de tentar produzir uma obra que seja, também ela, artística, mas que não se distinga da original depois de recodificada.

Isso é o que qualquer tradutor desejaria, mas é querer demais.

Todos sabemos que uma cópia da *Mona Lisa*, por mais bem feita que seja, não constitui em si uma obra de arte, pelo evidente fato de que a cópia de um quadro não inaugura um novo mundo, uma nova visão do real; a não ser que não se trate apenas de cópia, e sim, da transposição da imagem original em outra linguagem *inovadora*.

Pensemos, como exemplo, nas traduções da obra *Le déjeuner sur l'herbe*, de Manet, feitas por Pablo Picasso.[4]

Os quadros de Picasso são, também eles, verdadeiras obras de arte.

Porém, seu compromisso de fidelidade faz-se apenas com o tema e não com o estilo de seu "texto-fonte"; sua linguagem é inteiramente outra. Visão de outra época, tais obras não se pretendem apenas traduções, mas, mais que isso, diálogos criativos.

---

[4] O original de Manet pode ser encontrado no *site* do Musée d'Orsay: (http://www.musee-orsay.fr/fr/collections/oeuvres-commentees/recherche.html?no_cache=1&zoom=1&tx_damzoom_pi1%5BshowUid%5D=4003). Inspirado nesse quadro, Picasso produziu 27 telas, seis gravuras e 140 desenhos, alguns dos quais podem ser encontrados no *site* do Museu Picasso (http://www.museepicassoparis.fr). Ainda a esse respeito, recomendamos um artigo publicado em 2008 (parte em inglês, parte em francês) por Alain R. Truong denominado "Picasso/Manet: Le déjeuner sur l'herbe' au Musée d'Orsay" (http://www.alaintruong.com/archives/2008/10/10/10897266.html), que comenta uma exposição ali ocorrida e mostra algumas dessas telas.

Um tradutor que não tenha pretensões de instaurar-se como autor de outro original, criador de uma nova obra ante a angústia de determinada influência — ou seja, um tradutor que se pretenda apenas tradutor não pode fazer isso sob pena de ser considerado "traidor".

Há aquela cruel expressão *"tradutore, tradittori"* para referir-se àqueles de nós que saem da linha. Mas a linha da fidelidade é sempre mal definida, e o dever de bem demarcá-la cabe a algo tão pouco científico como a nossa "sensibilidade" e o nosso "bom senso".

É verdade que traduzir o que quer que seja é uma arte — e toda arte contém poesia (*poiesis* = criação, fabricação). A tradução não existe fora de um fazer criativo, que pode ir do grau quase zero (tradução técnica ou científica) ao mais alto grau de inventividade (tradução de poesia).

No caso específico do texto literário, a prática da tradução pressupõe conhecimentos também técnicos, também eles apoiados em teorias: teoria da gramática, da linguística, da semântica, da estilística, da literatura. Porém, o tradutor literário tem, sim, de aliar, à técnica e à teoria, competências imponderáveis como agudeza de interpretação (ainda a *hermenêutica* em seu aspecto mais sutil e impreciso de contextualização), abertura à desconstrução equilibrada a fim de não se entregar à livre produção de sentido e, por fim, dom artístico para recriar os efeitos textuais — de modo a transmitir não apenas os temas do original, mas também suas conotações, sonoridade, iconicidade, imagética e a emoção que ele produz no leitor. E isso é muito difícil, mas não impossível.

Grandes tradutores, sem se limitar a fotografar a *Mona Lisa*, nem ousar transpor o impressionismo de Manet para o cubismo de Picasso, vêm conseguindo estabelecer uma correspondência equilibrada, honesta, criativa e poética entre o texto-fonte e o texto de chegada.

Perderam eles alguma coisa na passagem de um texto ao outro? Com certeza.

Um bom tradutor sabe, antes de tudo, reconhecer o limite da tradução — como ciência e como arte. Por mais teoria que conheça e por mais prática que tenha, ele compreende que há coisas que não se traduzem — certos isomorfismos de linguagem, certos jogos de significante e significado. Tudo o que lhe resta, nesses casos, é admitir seu fracasso em notas de rodapé.

O hermeneuta Antigo era um simples mortal. Assim também é o tradutor que lida com a linguagem divina e instauradora da Arte. Mas um mortal também tem direito a um estilo e deve ter um livre-arbítrio fiel para escolher entre o que é passível de compensação e o que vai ser irremediavelmente perdido no comércio entre o sagrado e o profano.

A tradução, como processo e como produto, sempre será profana, mas é possível ser profano com dignidade — sem cometer profanações.

FINALMENTE, O PORQUÊ DESTA COLEÇÃO

Sem querer entrar na área da tradução comentada, nem mencionar em detalhe os erros e acertos daqueles que precederam a mim e Kátia na difícil e deliciosa tarefa de traduzir os contos de Poe para o português, eu gostaria de assinalar determinadas tendências que observei em várias traduções que li e analisei com a finalidade de realizar trabalhos acadêmicos e ministrar aulas de literatura, e em algumas que se encontram atualmente nas livrarias brasileiras e na internet.

Nem todas se baseiam no original. Já tive a surpresa de encontrar, em traduções que afirmam usar como fonte os textos de Poe em inglês, acréscimos, omissões ou desvios provenientes das traduções que Baudelaire fez desses textos para o francês.

À parte isso, as demais podem ser agrupadas segundo três tipos de tendências.

A primeira pode ser denominada "pasteurizadora", porque nem domestica o texto de chegada adaptando-o às nossas estruturas, nem o estrangeiriza, assumindo sua estranheza. Por ser o tipo de tradução que mais facilita a compreensão imediata dos temas, é aquela que, à falta de *corpus* adequado, eu costumava oferecer em cursos livres a um público que não tem acesso à língua inglesa. Mas, quando se tratava de explicar determinados efeitos de linguagem, via-me obrigada a recorrer ao próprio original, a transcrições fonéticas ou a outros recursos que dessem alguma ideia desses fenômenos para quem não tivesse competência alguma na língua inglesa.

A segunda tendência consiste em adaptar o texto (que, de fato, não é de fácil leitura nem sequer para o leitor médio de língua inglesa) ao gosto do leitor comum, aquele que se deixa atrair mais pela fábula do que pelas qualidades estéticas do universo artístico. Trata-se, em resumo, de uma espécie de paráfrase do original que deixa de lado exatamente o que ele tem de distintivo: sua literariedade. Quem crê ler Poe ao ler tais traduções saiba que está lendo tudo menos Poe. Esse é o tipo de tradução que mais o descaracteriza.

Em "Alguns Aspectos do Conto", o grande admirador de Poe que foi Cortázar formula um alerta contra esse tipo de prática ao dizer: "Cuidado com a fácil demagogia de exigir uma literatura acessível a todo mundo". Sua experiência indica que o público jamais deve ser subestimado:

> Eu vi a emoção que entre gente simples provoca uma representação de Hamlet, obra difícil e sutil, se existem tais obras, e que continua sendo tema de estudos eruditos e de infinitas controvérsias. É certo que essa gente não pode compreender muitas coisas que apaixonam os especialistas em teatro isabelino. Mas que importa? Só sua emoção importa, sua maravilha e seu arroubo diante da tragédia do jovem príncipe dinamarquês.[5]

A partir dessa reflexão, uma pergunta: será que um conto de Poe como "O Poço e o Pêndulo", por exemplo, provocaria a sensação de irremediável agonia e claustrofobia sem suas ênfases pleonásticas, oscilações e inversões frásicas, sem sua profusão de adjetivos e advérbios, a preferência pela negação, os períodos longos e entrecortados

---

[5] *Valise de Cronópio*, Perspectiva, 1974, p. 161.

por exclamações patéticas? Será que sua tradução "facilitadora" seria capaz de gerar a emoção, a maravilha e o arroubo de que fala Cortázar? É certo que não.

A terceira tendência, esta raramente observada, é a de criar um estilo outro, mantendo a trama. Trata-se de traduções assinadas por grandes nomes, em princípio preocupadas com a literariedade, mas que, em sua adaptação à nossa língua e cultura, propõem um modelo estético muito diferente do de Poe sem no entanto dialogar com ele no mesmo diapasão multívoco. Infelizmente, sem constituir obras inovadoras como são os quadros de Picasso em relação ao de Manet, sobrepõem sua elocução à do escritor novecentista e, por isso mesmo, "não são ele". Belíssimas infiéis. Não permitem que a análise e a interpretação literária abram, em nossa língua, os sentidos que o original gera e percorre.

O principal problema que percebemos nas traduções ao nosso alcance é que, dentre as honestas e bem feitas, muito poucas estão devidamente contextualizadas na teoria estética claramente formulada por Edgar Poe, ou seja, poucas têm a preocupação de recuperar (sempre, é claro, na medida do possível) a magia verbal que ele foi capaz de criar — entre outras coisas, o barroquismo tortuoso; o ritmo encantatório hipnótico; as interrupções de pensamentos (hipérbatos e anacolutos) que criam suspense; as gradações dispneicas que, não raro, chegam ao clímax; a musicalidade (variações de ritmo, aliterações, assonâncias e consonâncias) que marca subliminarmente as ações e os comportamentos das personagens; as repetições, ênfases e pleonasmos que transmitem forte emoção ou fixam obsessões; e os usos impróprios de palavras (malapropismos) que "piscam o olho" ao leitor com efeito irônico ou musical.

Uma questão específica e polêmica (que já nos causou não poucas dificuldades com revisores e diagramadores) é o uso que Poe faz da pontuação, distante do uso comum na própria língua inglesa da época, mais ainda do nosso português contemporâneo. Mas, escritor cerebrino e consciente que foi, Poe nada fez sem um propósito estético. Disse ele em um de seus artigos críticos:

> Com o fato de que a pontuação é importante, todos concordam; mas quão poucos compreendem a extensão de sua importância! O escritor que negligencia a pontuação, ou pontua aleatoriamente sujeita-se a ser mal compreendido — isso, segundo a ideia popular, é a soma dos males resultantes de descuido ou ignorância. Parece que não se sabe que, mesmo onde o sentido está perfeitamente claro, uma frase pode ser desprovida de metade de sua força — de seu espírito — de seu argumento — pela pontuação inadequada. Pela mera necessidade de uma vírgula, frequentemente ocorre de um axioma parecer um paradoxo, ou um sarcasmo ser convertido em um sermão.[6]

---

[6] "Marginalia, part XI", *Graham's Magazine*, fevereiro de 1848, p. 130. Tradução nossa. Esse texto foi digitalizado pela Edgar Allan Poe Society of Baltimore e pode ser encontrado no site http://www.eapoe.org/works/misc/mar0248.htm.

Não seria possível, pois, empreender um projeto como o desta coleção sem respeitar o modo como o próprio escritor encarou essa questão. E respeitá-lo, aqui, acarreta complexas implicações e riscos, principalmente no que diz respeito ao uso abundante do travessão, "visto com suspeita" tanto no século XIX como hoje, mas que constitui uma das marcas estilísticas mais evidentes de Poe.

A esse respeito, o escritor exprime o que considera exagero e propõe o uso com propósito :

> [...] permitam-me observar que o editor sempre pode determinar quando o travessão do manuscrito é empregado adequada ou inadequadamente, tendo em mente que esse sinal de pontuação representa uma *segunda ideia — uma emenda*. [...] O travessão dá ao leitor a escolha entre duas, ou entre três ou mais expressões, uma das quais pode ser mais impositiva que a outra, mas todas auxiliando a ideia. Ele representa, em geral, estas palavras — "ou *para tornar meu significado mais distinto*". Essa força, *ele a tem* — e essa força, nenhum outro argumento pode ter; como todos os argumentos têm usos bem entendidos muito diferentes desse. Portanto, *não se pode* dispensar o travessão.
>
> Ele tem suas fases — sua variação da força descrita; mas o princípio exclusivo — o da segunda ideia ou emenda — será encontrado no fundo de tudo.[7]

A maioria dos tradutores tenta "corrigir" Poe: substituir o estranho travessão por vírgula, dois pontos, ou

---

[7] *Ibidem*, p. 130-131.

ponto e vírgula. Em vista do excerto acima aludido, consideramos isso uma traição, assim como para nós é traição, em favor da legibilidade e da fluência, buscar esclarecer o que nele é deliberada ou inconscientemente obscuro, reverter a ordem abstrusa da frase para a ordem normal, evitar a repetição onde ele é maníaco, cortar o período longo e labiríntico que esconde monstros e enigmas.

Poe tem uma forte influência na modernidade ocidental e no modo como posteriormente vieram a escrever, por exemplo, Proust, Faulkner e Joyce. E quem pensaria em normatizar, numa tradução, o modo como Proust, Faulkner e Joyce pontuam seus textos?

Assim sendo, por reconhecer que o efeito criado no leitor era crucial para Poe e que fazer o texto ceder a determinadas normas de nossa língua compromete esse efeito, propomos uma coleção de seus mais conhecidos contos para um português que tenha em conta, não apenas as tramas e a gramática poeanas, mas sobretudo a proposta estética de criação de efeito *na e pela linguagem, no e pelo discurso*. Nossa ideia é trazer, para o leitor brasileiro, uma tradução que, sem ser um decalque, nem tampouco criativa ao ponto da irreverência ou da pretensão arrogante, recupere a elocução do original, ainda que essa elocução faça exigências ao leitor e ainda que obrigue a língua portuguesa a flexibilizar determinadas estruturas e regras de pontuação.

Se o domínio de Poe é assumidamente o do estranho, que sua linguagem soe assim para nós. Mesmo porque ela também soa estranha, em algum grau, para o leitor estadunidense contemporâneo.

CARACTERÍSTICAS DESTA TRADUÇÃO

Diante de tudo o que já lemos de e a respeito de Poe, nossa proposta para esta coleção é tentar conciliar (sempre quanto possível) a subjetividade do ato crítico, nosso conhecimento da arte retórica e a objetividade da técnica tradutória; privilegiar os jogos com os significantes e fugir a uma visão "conteudista" da obra, mas respeitar sua referencialidade oitocentista e o fato de que seu discurso se contextualiza em um mundo já significado — o fato de que o próprio autor dialoga com influências por ele reconhecidas ou não e de que seu dizer inovador emerge de um conjunto de usos e tradições comunitárias.

Em resumo, nossa postura consiste em:

– sujeitar o quanto possível nossas escolhas tradutórias às escolhas estilísticas do autor, preservando o que é estrangeiro com a flexibilidade necessária para que a leitura não se torne demasiado árdua;[8] deixar que se faça ouvir (sempre com a ressalva: quanto possível) sua voz de esteta consciente e racional, considerando que essa voz nos alcança do século XIX e deve soar como algo que vem do século XIX, sem fazer concessões fáceis ao leitor

---

[8] Por exemplo: quando Poe usa vocábulos latinos, damos preferência aos de mesma raiz etimológica, a não ser quando são passíveis de ambiguidade, constituem falsos cognatos (palavras que têm ortografias semelhantes nos dois idiomas mas apresentam significados diferentes em cada um por causa do modo como cada um evoluiu), ou quando a sonoridade é mais importante que o sentido. Sabemos que essa preferência tem efeitos diferentes no original e na tradução, mas nosso intuito é preservar as marcas da escritura e possibilitar interpretações baseadas na etimologia.

deste século, nem tampouco o subestimar na hipótese de que seja leigo;

– possibilitar que o autor fale para além da racionalidade que apregoa: daquele lugar onde os sentidos acontecem à revelia da consciência;

– "musicalizar" o que nossa sensibilidade e técnica hermenêutica conseguem apreender, ou seja, transpor o que nosso repertório e instrumentos tradutórios nos possibilitam transpor; acompanhar, quanto possível, seu ritmo repleto de significações;

– enfim, assumir as perdas irremediáveis e buscar compensar do melhor modo aquilo a que nossa gramática e léxico não alcançam corresponder;

– mas, antes de tudo, como dissemos acima, ler Poe dentro de sua proposta estética; procurar nortear-nos por aquilo que ele, na qualidade de poeta, contista, ensaísta e crítico, deixou-nos como legado teórico e literário — inclusive metalinguístico.

Se conseguimos alcançar esses objetivos, acreditem, foi à custa de muito trabalho, muita pesquisa e um enorme esforço de submissão para que permanecessem no texto, prevalecendo sobre a clareza e a fluência, e, repito, *até mesmo sobre as normas e o uso do nosso português*, palavras de mesma raiz, muitos dos advérbios com sufixo "mente", inversões frásicas em toda a sua estranheza, hipérbatos e anacolutos, a pontuação abstrusa e idiossincrática, o uso narcísico dos pronomes "eu", "meu", "minha" e toda a sorte de bizarrices que fazem a unicidade de Poe no universo literário.

Se não o conseguimos, deixamos um convite ao leitor: que complemente esta nossa tradução comparando-a com outras, portadoras de outro repertório; que busque a prosa elegante e plurívoca de Poe nessa conversa sem tempo nem espaço a que se dá o sonoro nome de intertextualidade; e que, nessa comparação, faça-se mais crítico a fim de encontrar a grande Arte do contista demiurgo entre as dicções plurais de seus vários hermeneutas.

CONTOS
DE AMOR
E TERROR

O RETRATO OVAL

O castelo cuja entrada meu criado havia se aventurado a forçar para impedir que eu, gravemente ferido como me encontrava, passasse a noite ao relento, era um daqueles aglomerados de melancolia combinada com grandiosidade que se erguem taciturnos entre os Apeninos, tanto na realidade como na imaginação da Sra. Radcliffe.[1] Tudo indicava que ele havia sido abandonado temporária e muito recentemente. Alojamo-nos em um dos aposentos menores e onde a mobília era menos suntuosa. Ficava num torreão remoto do edifício. A decoração era opulenta, mas desgastada e antiga. As paredes eram forradas de tapeçarias e ornadas com vários e multiformes troféus heráldicos, junto com uma quantidade incomum de pinturas modernas muito arrojadas, em molduras de ricos arabescos dourados. Para essas pinturas, que pendiam nas paredes, não apenas em suas superfícies principais, mas também em quase

---

[1] Referência à escritora inglesa Anne Ward Radcliffe (1764-1823), que escreveu romances góticos.

todos os escaninhos que a bizarra arquitetura do castelo tornava necessários — para essas pinturas, meu delírio incipiente talvez tivesse atraído o meu profundo interesse; assim, pedi a Pedro que fechasse as pesadas venezianas do quarto — pois já era noite —, acendesse as longas velas de um candelabro alto que ficava à cabeceira de minha cama e abrisse de todo as cortinas franjadas de veludo preto que envolviam a própria cama. Eu queria que tudo isso fosse feito para poder me entregar, senão ao sono, pelo menos, como alternativa, à contemplação dessas pinturas e ao exame de um pequeno volume que havia sido encontrado sobre o travesseiro e que aparentemente as analisava e descrevia.

Por muito, muito tempo, eu li — e com devoção, muita devoção, contemplei. Rápida e gloriosamente, as horas voaram e a profunda meia-noite chegou. A posição do candelabro me desagradava e, estendendo a mão com dificuldade para não perturbar meu criado adormecido, posicionei-o para melhor dirigir sua luz sobre o livro.

Mas a ação produziu um efeito completamente inesperado. A luz das numerosas velas (pois havia muitas) incidiu então dentro de um nicho do quarto que até o momento havia permanecido na sombra criada por uma das colunas da cama. Vi assim, na claridade, um quadro de todo despercebido antes. Era o retrato de uma jovem florescendo em sua feminilidade. Olhei o quadro com pressa e logo fechei os olhos. A razão por que o fiz não ficou a princípio aparente nem mesmo para a minha própria percepção. Mas, enquanto minhas pálpebras permaneciam assim cerradas, considerei mentalmente a razão de tê-lo feito. Foi um movimento impulsivo para ganhar tempo e pensar — ter certeza de que minha visão não me havia iludido — acalmar e reduzir a imaginação para lançar um olhar mais sóbrio e mais seguro. Em pouquíssimos minutos, tornei a olhar fixo para a pintura.

De que agora enxergava com nitidez, eu não podia e não queria duvidar; pois o primeiro brilho das velas sobre a tela parecera dissipar o estupor onírico que se vinha esgueirando sobre meus sentidos e trazer-me de imediato à vida desperta.

O retrato, como já disse, era o de uma jovem. Mostrava apenas a cabeça e os ombros, pintados naquilo que tecnicamente é denominado *vignette*; muito no estilo das cabeças favoritas de Sully. Os braços, o colo e até mesmo as pontas do cabelo radiante fundiam-se de maneira imperceptível na sombra vaga porém densa que formava o pano de fundo do conjunto. A moldura era oval, ricamente dourada e filigranada em *Moresque*. Como obra de arte, nada poderia ser mais admirável do que a pintura em si. Mas, nem a execução do trabalho, nem a imortal beleza da fisionomia poderia ter-me tocado tão de imediato e com tanta veemência. Menos ainda poderia minha imaginação, arrancada de sua semissonolência, ter confundido a cabeça com a de uma pessoa viva. Vi logo que as peculiaridades do desenho, da *vignette* e da moldura deveriam ter dissipado tal ideia de imediato — deveriam ter impedido mesmo sua consideração momentânea. Pensando intensamente acerca desses detalhes, permaneci, por uma hora talvez, meio sentado, meio reclinado, com a visão fixa no retrato. Por fim, satisfeito com o verdadeiro segredo de seu efeito, deitei-me na cama. Havia descoberto a magia do retrato em uma *vivacidade* de expressão, que, de início surpreendente, afinal confundiu-me, subjugou-me e estarreceu-me. Com profundo e reverente fascínio, recoloquei o candelabro na posição inicial. Afastada assim da vista a causa de minha profunda agitação, procurei com ansiedade o volume que descrevia as pinturas e suas histórias. Buscando o número que indicava o retrato oval, li as palavras vagas e singulares que seguem:

"Era uma jovem da mais rara beleza, e não apenas linda, mas cheia de alegria. E maldita foi a hora em que ela viu e amou e desposou o pintor. Ele, ardente, aplicado, austero e tendo já uma noiva em sua Arte; ela, uma jovem da mais rara beleza, e não apenas linda, mas cheia de alegria; toda luz e sorrisos, e irrequieta como a jovem corça; amando e valorizando todas as coisas; odiando apenas a Arte que era sua rival; temendo apenas a paleta e os pincéis e os outros inoportunos instrumentos que a privavam da fisionomia do seu amor. Era pois algo terrível para essa dama ouvir o pintor exprimir seu desejo de retratar a jovem esposa. Mas ela era humilde e obediente, e posou com docilidade por várias semanas no aposento escuro e alto do torreão onde a luz gotejava do teto sobre a tela alva. Mas ele, o pintor, exultava em sua obra, que se prolongava hora após hora, dia após dia. E era um homem ardente, impetuoso e temperamental, que se perdia em devaneios; assim, ele *negava-se* a ver que a luz que caía tão pálida no torreão solitário exauria a saúde e o espírito da noiva, que definhava aos olhos de todos, menos aos dele. Ela, porém, continuava sorrindo e sorrindo, sem queixas, ao ver que o pintor (artista de grande renome) extraía um prazer intenso e férvido da tarefa e trabalhava dia e noite para retratar aquela que tanto o amava, mas que se tornava dia após dia mais desanimada e fraca. E, de fato, os que viam o retrato mencionavam sua semelhança em voz baixa, como uma maravilha sem par e uma prova, não tanto da arte do pintor, mas de seu profundo amor por ela, a quem retratava tão extraordinariamente bem. Mas, por fim, quando a obra aproximava-se da conclusão, ninguém mais era admitido no torreão, pois o pintor tornara-se obcecado com o ardor de seu trabalho e raramente afastava os olhos da tela, nem mesmo para olhar a fisionomia da esposa. E *negava-se* a ver que as tintas espalhadas sobre a tela eram extraídas das faces daquela que sentava ao seu lado. E, depois de muitas semanas, quando pouco restava a fazer, exceto acrescentar uma pincelada nos lábios e uma nuance de cor nos olhos, o espírito da dama novamente tremulou como a chama dentro da lamparina. E então o toque do pincel foi dado; e então a tinta foi aplicada; e, por um momento, o pintor ficou extasiado diante da obra que havia criado; mas, no momento seguinte, enquanto ainda a contemplava, pôs-se trêmulo e muito pálido e estupefato, e exclamando em voz alta, 'Isto é, em verdade, a própria *Vida*!', virou-se de repente para ver a sua amada: — *Estava morta!*"

LIGEIA

> E a vontade aí dentro jaz, que não perece. Quem conhece os mistérios da vontade, com seu vigor? Pois Deus nada mais é que uma grande vontade permeando todas as coisas pela natureza de seu intento. O homem não se entrega aos anjos, nem à morte completamente, exceto apenas pela fraqueza de sua débil vontade.
> — *Joseph Glanvill*

Não consigo, pela minha alma, lembrar como, quando, ou mesmo precisamente onde, travei conhecimento pela primeira vez com lady Ligeia. Longos anos já se passaram desde então e minha memória é fraca de tanto sofrer. Ou, talvez, eu não consiga agora trazer tais detalhes à mente, porque, na verdade, o caráter de minha amada, sua rara erudição, seu tipo de beleza singular e, no entanto, plácido, e a eloquência vibrante e encantatória de sua linguagem musical grave abriram caminho para o meu coração a passos progressivamente tão constantes e sutis que acabaram passando despercebidos e ignorados. Contudo, creio que a encontrei pela primeira vez e depois com mais frequência em alguma cidade grande, antiga e decadente nas proximidades do Reno. De sua família — com certeza, ouvi-a falar a respeito. Que é de época remotamente antiga, não se pode duvidar. Ligeia! Ligeia! Enterrado em estudos de uma natureza acima de tudo adaptada a extinguir as impressões do mundo exterior, é apenas por essa doce palavra — por Ligeia — que trago diante dos olhos, na imaginação, a figura daquela que não mais existe. E agora, enquanto escrevo, vem-me num lampejo a lembrança de que eu nunca soube o nome paterno daquela que foi minha amiga e minha noiva, e que se tornou a parceira de meus estudos e, por fim, a esposa do meu coração. Terá sido algum gracejo da parte de minha Ligeia? Ou um teste da força de minha afeição, o fato de eu nada ter averiguado a esse respeito? — ou, antes, terá sido um capricho meu — uma oferenda loucamente romântica no altar da mais apaixonada devoção? Lembro muito vagamente o próprio fato — não é estranho que tenha esquecido por completo as circunstâncias que o originaram ou cercaram? E, de fato, se jamais aquele espírito que é intitulado Romance — se ela, a lânguida Ashtophet de asas nebulosas do Egito idólatra jamais presidiu, como dizem, os casamentos malfadados, então, com toda a certeza, ela presidiu o meu.

Há um tema caro, contudo, a respeito do qual minha memória não falha. É a pessoa de Ligeia. De estatura, era alta, um pouco esguia e, em seus últimos dias, até mesmo emaciada. Eu poderia em vão tentar descrever a majestade, a calma silenciosa de seu porte, ou a leveza e a elasticidade incompreensíveis de seu andar. Ela chegava e partia como uma sombra. Eu nunca percebia sua entrada em meu estúdio fechado, exceto pela querida música de sua voz docemente grave, quando pousava a mão de mármore sobre meu ombro. Na beleza do rosto, donzela alguma jamais se equiparou a ela. Era a radiância de um sonho de ópio — uma visão etérea e inspiradora mais loucamente divina do que as fantasias que pairavam entre as almas sonâmbulas das filhas de Delos. Entretanto, seus traços não seguiam aquele molde regular que erroneamente aprendemos a idolatrar nas obras clássicas dos pagãos. "Não existe beleza exótica," diz Bacon, Lord Verulam, falando com verdade acerca de todas as formas e gêneros de beleza, "sem alguma estranheza na proporção." Porém, embora eu visse que os traços de Ligeia não eram de uma regularidade clássica — embora percebesse que seu encanto era de fato "exótico" e sentisse que havia muito de "estranheza" permeando-o, tentava em vão detectar a irregularidade e encontrar a origem de minha própria percepção do "estranho". Examinava o contorno da testa altiva e pálida — era sem defeitos — quão gélida de fato essa expressão quando aplicada a majestade tão divina! — a pele rivalizando com o mais puro marfim, a extensão e a tranquilidade imponentes, a proeminência suave da região acima das têmporas; e depois as madeixas negras como o corvo, reluzentes, luxuriantes e naturalmente cacheadas, realizando toda a força do epíteto homérico, "jacintinas!" Olhava o perfil delicado do nariz — e, em nenhum outro lugar, exceto nas graciosas medalhas dos hebreus, vira eu semelhante perfeição. Havia a mesma suavidade luxuriante da superfície, a mesma tendência pouco perceptível para o aquilino, as mesmas narinas harmoniosamente curvas que falavam de um espírito livre. Observava a boca encantadora. Havia ali de fato o triunfo de todas as coisas celestiais — a curva magnífica do pequeno lábio superior — a tranquilidade macia, voluptuosa do inferior — as covinhas que adornavam, e a cor que falava — os dentes refletindo, com brilho quase inquietante, cada raio da luz sagrada que caía sobre eles em seu sorriso sereno e plácido e, no entanto, o mais jubiloso e radiante dentre todos os sorrisos. Examinava o formato do queixo — e, aí também, encontrava a delicadeza da constituição, a suavidade e a majestade, a plenitude e a espiritualidade dos gregos — o contorno que o deus Apolo revelou apenas em um sonho a Cleomenes, o filho do ateniense. E então eu olhava dentro dos grandes olhos de Ligeia.

Para olhos, não temos modelos na Antiguidade remota. Também podia ocorrer que, nos olhos de minha amada, repousasse o segredo aludido por Lord Verulam. Eram, devo crer, muito maiores que os olhos comuns de nossa própria raça. Eram mais penetrantes que os olhos mais penetrantes da gazela da tribo do vale de Nourjahad. Porém, era apenas em intervalos — em momentos de intensa excitação — que tal peculiaridade se tornava mais que ligeiramente observável em Ligeia. E, nesses momentos, sua beleza era — em minha fervorosa imaginação talvez assim parecesse — a beleza dos seres acima ou distantes da terra — a beleza da fabulosa Houri dos turcos. A tonalidade das pupilas era do mais brilhante negrume e, muito acima delas, pousavam longuíssimos cílios escuros. As sobrancelhas, levemente irregulares no desenho, eram do mesmo tom. A "estranheza", contudo, que encontrei nos olhos era de uma natureza distinta da formação, ou da cor, ou do brilho das feições, e deve, afinal, ser relacionada à expressão. Ah, palavra sem sentido! atrás de cuja vasta latitude de mero som entrincheiramos nossa ignorância a respeito de tanta coisa espiritual. A expressão dos olhos de Ligeia! Como, por longas horas, ponderei sobre ela! Como, durante toda uma noite de verão, lutei para compreendê-la! O que era aquilo — aquele algo mais profundo que o poço de Demócrito — que jazia bem no fundo das pupilas de minha amada? O que era aquilo? Eu estava possuído pela paixão de descobrir. Aqueles olhos! Aquelas grandes, aquelas brilhantes, aquelas divinas pupilas! Elas se tornaram para mim as estrelas gêmeas de Leda e eu, para elas, o mais devoto dos astrólogos.

Não existe assunto, dentre as muitas anomalias incompreensíveis da ciência da mente, mais arrebatadoramente apaixonante do que o fato — nunca, creio eu, observado nas escolas — de que, em nossos esforços para trazer de volta à memória algo há muito esquecido, muitas vezes nos encontramos à própria beira da recordação, sem ser capazes, ao final, de recordar. E assim, com que frequência, em meu intenso escrutínio dos olhos de Ligeia, sentia que se aproximava o pleno conhecimento de sua expressão — sentia que ele se aproximava — porém, sem que fosse muito meu — e, por fim, partia por completo! E (estranho, ó, mais estranho de todos os mistérios!) eu descobria, nos objetos mais comuns do universo, um círculo de analogias para aquela expressão. Quero dizer que, após aquele período em que a beleza de Ligeia invadiu o meu espírito, ali habitando como em um templo, eu extraí, de várias existências no mundo material, uma emoção como aquela que sempre senti, dentro de mim, quando estive próximo aos seus olhos grandes e luminosos. No entanto, nem por isso conseguiria definir essa emoção, ou analisá-la, ou sequer enxergá-la com firmeza. Eu a reconheci, permitam-me repetir, algumas vezes, na observação de uma vinha crescendo com rapidez — na contemplação de uma mariposa, uma borboleta, uma crisálida, um regato de água corrente. Senti-a no oceano — na queda de um meteoro. Senti-a nos olhares de pessoas extremamente idosas. E há uma ou duas estrelas no céu (uma em especial, uma estrela de sexta grandeza, dupla e mutável, que pode ser encontrada próxima à estrela grande da Lira) que, em observação telescópica, fizeram-me perceber a emoção. Fui tomado por ela ao ouvir o som de determinados instrumentos de corda, e, não raro, perante trechos de livros. Entre outros incontáveis exemplos, recordo bem de algo em um volume de Joseph Glanvill, que (talvez apenas por sua singularidade — quem poderá dizer?) nunca deixou de me inspirar essa emoção: "E a vontade aí dentro jaz, que não perece. Quem conhece os mistérios da vontade, com seu vigor? Pois Deus nada mais é que uma grande vontade permeando todas as coisas pela natureza de seu intento. O homem não se entrega aos anjos, nem à morte completamente, exceto apenas pela fraqueza de sua débil vontade."

O correr dos anos e a reflexão subsequente permitiram-me traçar, de fato, certa conexão remota entre esse trecho do moralista inglês e uma parte do caráter de Ligeia. Uma intensidade de pensamento, ação ou discurso era provavelmente, nela, um resultado, ou pelo menos um indício, daquela gigantesca volição que, durante o nosso longo relacionamento, não conseguiu dar outra e mais imediata prova de sua existência. De todas as mulheres que jamais conheci, ela, a Ligeia de aparência calma, sempre plácida, era da forma mais violenta uma presa dos tumultuosos abutres da paixão implacável. E dessa paixão eu não podia fazer ideia, exceto pela expansão milagrosa daqueles olhos que, de imediato, tanto me encantavam e assombravam, — pela melodia, modulação, clareza e placidez quase mágicas de sua voz tão grave, — e pela energia selvagem (tornada duplamente eficaz em contraste com a elocução) das palavras veementes que ela de hábito pronunciava.

Falei da erudição de Ligeia: era imensa — como nunca conheci em mulher alguma. Nas línguas clássicas, era altamente versada, e, na medida de meu próprio conhecimento acerca dos dialetos modernos da Europa, nunca notei um erro seu. De fato, em qual dos temas mais admirados simplesmente por serem os mais abstrusos da vangloriada erudição da Academia, notei eu jamais algum erro de Ligeia? De que forma singular — de que forma arrebatadora esse aspecto único da natureza de minha esposa impôs-se à minha atenção apenas neste período tardio! Eu disse que seus conhecimentos eram tais como jamais conheci em mulher alguma — mas onde respira o homem que tenha percorrido, com sucesso, todas as amplas áreas das ciências morais, físicas e matemáticas?

Não vi então o que agora percebo claramente, que as aquisições de Ligeia eram gigantescas, eram espantosas; no entanto, percebi o bastante de sua infinita supremacia para resignar-me, com pueril confiança, à sua orientação pelo mundo caótico da investigação metafísica, com a qual me ocupei com afinco a maior parte do tempo, durante os primeiros anos de nosso casamento. Com que vasto triunfo — com que vívido deleite — com que ampla parcela de tudo que é etéreo na esperança, eu sentia, quando ela se debruçava sobre mim em estudos tão pouco procurados — mas ainda menos conhecidos —, aquela deliciosa perspectiva expandindo-se aos poucos diante de mim, por cujo caminho longo, maravilhoso e absolutamente intato eu poderia alcançar enfim o objetivo de uma sabedoria demasiado divina e preciosa para não ser proibida!

Quão pungente, então, haveria de ser a dor com que, após alguns anos, vi minhas bem fundadas expectativas criarem asas próprias e voarem para longe! Sem Ligeia, eu não passava de uma criança tateando na ignorância. Sua presença, suas leituras apenas, tornavam vividamente luminosos os inúmeros mistérios do transcendentalismo em que estávamos imersos. Na ausência do lustro radiante de seus olhos, a literatura, tremulante e dourada, ficava mais opaca que o chumbo de Saturno. E então aqueles olhos passaram a luzir com cada vez menos frequência sobre as páginas que eu examinava. Ligeia adoeceu. Os olhos selvagens fulguravam com um brilho por demais — por demais glorioso; os dedos pálidos adquiriam a tonalidade transparente da cera mortuária; e as veias azuladas sobre a testa altiva cresciam e minguavam impetuosamente com as marés da mais tênue emoção. Vi que ela estava prestes a morrer — e lutei com fervor, em espírito, contra o sombrio Azrael. E a luta da esposa apaixonada era, para meu espanto, até mais enérgica do que a minha própria. Muito do que havia em sua natureza austera inculcara-me a crença de que, para ela, a morte chegaria sem terrores; — mas assim não foi. As palavras são impotentes para transmitir qualquer ideia justa da ferocidade de resistência com a qual ela lutou contra a Sombra. Eu gemia de aflição diante do lamentável espetáculo. Eu a teria acalmado — teria argumentado; mas, na intensidade de seu impetuoso desejo de vida — de vida — unicamente de vida — consolo e razão eram semelhantes à mais completa loucura. No entanto, nem mesmo no último momento, em meio aos mais convulsivos estertores de seu espírito indômito, a placidez externa de sua fisionomia ficou abalada. Sua voz tornou-se mais suave — tornou-se mais grave — mas eu não gostaria de me estender sobre o sentido alucinado das palavras pronunciadas com suavidade. Meu cérebro girava enquanto eu ouvia, fascinado por uma melodia mais que mortal — suposições e aspirações que a mortalidade jamais conhecera antes.

Que ela me amava, disso eu não podia duvidar; e era fácil perceber que, em uma alma como a sua, o amor não inspiraria uma paixão comum. Mas, apenas na morte, vi com clareza a força de sua afeição. Durante longas horas, detendo minha mão, ela verteu diante de mim o transbordamento de um coração cuja devoção mais que apaixonada chegava à idolatria. Como merecera eu ser tão abençoado com essas confissões? — como merecera ser tão amaldiçoado com o afastamento de minha amada na minha hora de fazê-las? Mas, acerca desse assunto, não suporto ponderar mais. Possa eu dizer apenas que, na entrega mais que feminina de Ligeia a um amor, ai de mim!, totalmente imerecido, totalmente indevido, reconheci por fim o princípio de seu anseio, com um desejo tão avidamente louco pela vida que agora fugia com tanta rapidez. E é esse anseio ardente — é essa aguda veemência do desejo de vida — apenas de vida — que não tenho meios de retratar — nenhuma forma capaz de exprimir.

No meio da noite em que ela partiu, chamando-me, peremptoriamente, para junto de si, pediu-me para recitar certos versos compostos por ela própria poucos dias antes. Obedeci. Eram eles:

Oh! É noite de festa
Dentre estes últimos anos solitários!
Uma multidão de anjos, alados, adornados
Com véus e afogados em lágrimas,
Sentam-se em um teatro, para assistir
A uma peça de esperanças e temores,
Enquanto a orquestra respira arquejante
A música das esferas.

Atores, à imagem de Deus nas alturas,
Murmuram e balbuciam baixinho,
Voando de cá para lá;
Meros bonecos são eles, indo e vindo

LIGEIA

Ao comando de imensos seres sem forma
Que mudam o cenário de um lado para outro,
Adejando suas asas de condor,
Invisível flagelo!

Esse drama variado! — oh, estejam certos,
Jamais será esquecido!
Com seu Fantasma eternamente perseguido,
Por uma multidão que não o captura,
Em um círculo que sempre retorna
Ao próprio ponto de partida;
E muito de Loucura, e mais ainda de Pecado
E Horror, a alma do argumento!

Mas vejam, entre a turba dos atores
Uma forma rastejante se intromete!
Uma criatura rubra contorcendo-se
Desponta da solidão cênica!
Ela se contorce! — ela se contorce! — com espasmos
                                                     [mortais
Os atores se tornam seu alimento,
E os serafins soluçam ante as presas da peste
Impregnadas de sangue humano.

Apagam-se — apagam-se as luzes — todas se apagam!
E sobre cada forma palpitante,
A cortina, manto mortuário,
Desce com o fragor de uma tormenta —
E os anjos, todos pálidos e abatidos,
Levantam-se, desvelam-se e afirmam

Que a peça é a tragédia "Homem"
E seu herói, o Verme conquistador.[1]

"Ó Deus!" quase gritou Ligeia, pondo-se de pé e estendendo os braços para o alto com um movimento espasmódico, enquanto eu terminava de ler esses versos — "Ó Deus! Ó Pai Divino! — essas coisas têm de ser assim irremediáveis? — não pode esse conquistador por uma vez ser conquistado? Não formamos nós um todo em Vós? Quem — quem conhece os mistérios da vontade com seu vigor? O homem não se entrega aos anjos, nem inteiramente à morte, exceto apenas pela fraqueza de sua débil vontade."

E então, como que exausta de emoção, deixou cair os braços alvos e voltou solenemente ao seu leito de morte. E enquanto exalava os últimos suspiros, brotou, misturado a eles, um murmúrio baixo de seus lábios. Curvei-me para ouvi-lo e, percebi, de novo, as palavras finais do trecho em Glanvill: "O homem não se entrega aos anjos, nem inteiramente à morte, exceto apenas pela fraqueza de sua débil vontade."

Ela morreu; — e eu, reduzido a simples pó pela dor, não mais pude suportar a desolação solitária de minha morada na cidade sombria e decadente à beira do Reno. Não me faltava o que o mundo chama de riqueza. Ligeia

---

[1] Cabe aqui observar que optamos por uma tradução literal e não poética, e que, no original, o poema tem um ritmo mais harmônico, ainda que variado, e é todo rimado.

havia me trazido muito mais, muito, muito mais, do que comumente cabe à sorte dos mortais. Depois de alguns meses, portanto, vagando fatigado e sem rumo, comprei e fiz reformar um pouco uma abadia, que não vou nomear, em uma das áreas mais incultas e menos frequentadas da bela Inglaterra. A grandiosidade solene e sombria do imóvel, o aspecto quase selvagem do terreno, as inúmeras memórias melancólicas e antigas relacionadas a ambos, tinham muito em comum com os sentimentos de completo abandono que me haviam conduzido àquela região remota e pouco povoada do país. No entanto, embora o exterior da abadia, recoberto de limo verdejante, sofresse poucas modificações, cedi, com perversidade infantil, e talvez com a leve esperança de aliviar minhas mágoas, a uma ostentação de magnificência mais que suntuosa no interior da residência. Por tais folias, mesmo na infância, eu havia nutrido apreciação, e elas então ressurgiram em mim como uma regressão de tristeza. Ah! Sinto mesmo quanta loucura incipiente poderia ter sido descoberta nas cortinas maravilhosas e fantásticas, nas solenes entalhaduras do Egito, nas cornijas e mobílias extravagantes, nas estampas excêntricas dos tapetes com tufos de ouro! Eu havia me transformado em um escravo cativo dos grilhões do ópio, e meus trabalhos e minhas resoluções haviam adquirido um colorido proveniente dos meus sonhos. Mas, esses despropósitos, não devo deter-me para detalhá-los. Que eu possa falar apenas daquele cômodo, sempre amaldiçoado, para onde, em um momento de alienação mental, levei depois do altar como minha esposa — como a sucessora da inesquecível Ligeia —

Lady Rowena Trevanion, de cabelos claros e olhos azuis, natural da Tremânia.

Não há um elemento individual da arquitetura e da decoração daquela câmara nupcial que não esteja agora nitidamente diante de mim. Onde estariam as almas da altiva família da noiva, quando, em sua sede de ouro, permitiram que ela passasse pelo limiar de um aposento assim adornado, uma donzela e filha tão amada? Já disse que recordo com precisão os detalhes do cômodo — porém, lamentavelmente esqueço temas de profunda importância; e ali não havia sistema, nem harmonia, na exibição fantástica, capaz de fixar-se na memória. O aposento ficava em um alto torreão da abadia encastelada, tinha formato pentagonal e era de dimensões espaçosas. Ocupando toda a face sul do pentágono havia a única janela — uma folha imensa de vidro sem emendas vinda de Veneza — um único painel, colorido de matizes de chumbo, de forma que os raios do sol ou da lua que o atravessavam caíam com um brilho medonho sobre os objetos no interior do quarto. Acima da parte superior dessa janela enorme estendia-se a treliça de uma vinha antiga, que subia pelas paredes maciças do torreão. O teto, de soturno carvalho, era excessivamente alto, abobadado e muito adornado com as mais fantásticas e grotescas amostras de um tema semigótico, semidruídico. Do recesso mais central dessa melancólica abóbada pendia, de uma única corrente de ouro com longos elos, um enorme incensário do mesmo metal, com desenho sarraceno, e muitas perfurações dispostas de tal maneira que se contorcia, para dentro e para fora delas, como se dotada de uma vitalidade de serpente, uma contínua sucessão de chamas multicores.

 Alguns poucos canapés e candelabros de ouro, de feitio oriental, espalhavam-se pelo local — e havia o leito, também — o leito nupcial — de um modelo indiano e baixo, e esculpido em ébano maciço, com um dossel semelhante a um pano mortuário. Em cada ângulo do aposento havia, em pé, um gigantesco sarcófago de granito negro, vindo das tumbas dos reis da região de Luxor, com as tampas envelhecidas repletas de esculturas imemoriais. Mas, nas tapeçarias do cômodo, Oh!, residia a maior de todas as extravagâncias. As paredes elevadas, de altura gigantesca — até mesmo desproporcional — eram forradas do teto ao chão, em vastas dobras, com uma tapeçaria pesada e de aspecto maciço — tapeçaria de um material que se reproduzia no carpete do piso, na cobertura dos canapés e do leito de ébano, no dossel da cama e nas maravilhosas volutas das cortinas que sombreavam em parte a janela. O material era um riquíssimo tecido de ouro. Era todo pontilhado, em intervalos irregulares, com figuras arabescas, medindo cerca de 30 centímetros de diâmetro e trabalhadas sobre o tecido em padrões do negro mais profundo. Mas essas figuras partilhavam o verdadeiro caráter do arabesco apenas quando observadas de um único ponto de vista. Por um artifício agora comum e, na verdade, originário de um período muito remoto da Antiguidade, elas eram de aspecto mutável. Para quem entrava no quarto, tinham a aparência de simples monstruosidades; mas, um pouco adiante, essa aparência gradualmente esvanecia; e, passo a passo, à medida que mudava de posição no cômodo, o visitante encontrava-se cercado por uma sucessão infinita de formas medonhas que pertencem à superstição dos Normandos ou surgem do sono culpado dos monges. O efeito fantasmagórico era muito acentuado pela introdução artificial de uma forte corrente de ar contínua atrás das tapeçarias — conferindo uma horrível e inquietante animação ao todo.

Em aposentos como esses — em uma câmara nupcial como essa — passei, com a Lady de Tremânia, as horas ímpias do primeiro mês de nosso casamento — passei-as com muita inquietude. Que minha esposa temia a instabilidade feroz de meu temperamento — que ela me evitava e me amava pouco — eu não podia deixar de percebê-lo; mas isso mais me dava prazer do que qualquer outra coisa. Eu a detestava com um ódio mais inerente ao demônio que ao homem. Minha memória retornava (ó, com que intensidade de pesar!) para Ligeia, a amada, a augusta, a bela, a sepultada. Deleitava-me em recordações de sua pureza, de sua sabedoria, de sua natureza altiva, etérea, de seu amor apaixonado, seu amor idólatra. Então, meu espírito ardia inteira e livremente com mais que todos os fogos da própria. Na excitação dos meus sonhos de ópio (pois eu habitualmente sucumbia aos grilhões da droga), chamava seu nome em voz alta, durante o silêncio da noite, ou entre os recessos protegidos dos vales durante o dia, como se, por meio da ânsia selvagem, da paixão solene, do ardor avassalador do meu desejo pela falecida, pudesse devolvê-la aos caminhos que ela havia abandonado — ah, será que para sempre? — neste mundo.

Por volta do início do segundo mês do casamento, Lady Rowena foi acometida por uma doença súbita, de lenta recuperação. A febre que a consumia tornava suas noites inquietas; e, na perturbação da semissonolência, ela falava de sons e de movimentos, dentro e ao redor do aposento do torreão, cuja origem, concluí, residia apenas no desconcerto de sua imaginação, ou talvez nas influências fantasmagóricas do próprio quarto. Ela entrou, afinal, em convalescença — por fim, curou-se. No entanto, apenas decorrido um curto período, um segundo distúrbio mais violento atirou-a novamente a um leito de sofrimento; e, desse ataque, seu corpo, que sempre fora frágil, jamais se recuperou por completo. Suas enfermidades foram, depois dessa época, de uma natureza alarmante e de uma recorrência ainda mais alarmante, desafiando tanto os conhecimentos quanto os grandes esforços de seus médicos. Com a intensificação da doença crônica, que assim, aparentemente, havia dominado tanto a sua constituição que não mais podia ser erradicada por meios humanos, eu não podia deixar de observar uma intensificação semelhante na irritação nervosa de seu temperamento e em sua excitabilidade por razões triviais de medo. Ela voltou a falar, e agora com mais frequência e obstinação, sobre os sons — os leves sons — e os movimentos estranhos entre as tapeçarias, aos quais havia aludido anteriormente.

Uma noite, perto do final de setembro, ela chamou minha atenção para esse assunto perturbador com ênfase incomum. Havia acabado de acordar de um sono agitado, e eu estivera observando, com sensações mescladas de ansiedade e de vago terror, os movimentos de sua expressão emaciada. Sentei-me ao lado de seu leito de ébano, em um dos canapés da Índia. Ela soergueu-se e falou, em um sussurro baixo e intenso, sobre sons que naquele momento ouvia, mas que eu não conseguia ouvir — de movimentos que naquele momento via, mas que eu não conseguia perceber. O vento corria com velocidade atrás das tapeçarias, e eu quis mostrar a ela (no que, deixem-me confessar, eu não conseguia de modo algum acreditar) que aquelas respirações quase inarticuladas e aquelas variações muito tênues das figuras sobre as paredes nada mais eram que os efeitos naturais daquela costumeira lufada de vento. Mas uma palidez mortífera, espalhando-se sobre o seu rosto, havia provado que meus esforços para tranquilizá-la seriam infrutíferos. Ela pareceu desmaiar e não havia qualquer serviçal ao alcance da voz. Lembrei onde fora deixado um frasco de vinho leve que havia sido prescrito pelos médicos e atravessei o aposento correndo para buscá-lo. Mas, quando passei sob a luz do incensário, duas circunstâncias de natureza inquietante atraíram minha atenção. Eu sentira que algum objeto palpável, embora invisível, havia passado levemente por minha pessoa; e vi que havia sobre o carpete dourado, bem no meio do brilho forte irradiado pelo incensário, uma sombra — uma sombra tênue, indefinida, de aspecto angelical — que poderia ser tomada pela sombra de uma tonalidade. Mas eu estava fora de mim com a excitação de uma dose imoderada de ópio e mal prestei atenção a essas coisas, nem as mencionei a Rowena. Depois de encontrar o vinho, atravessei novamente o cômodo e enchi um cálice, que levei aos lábios da dama que desfalecia. Ela então havia se recuperado em parte e segurou o cálice por si mesma, enquanto eu me afundava em um dos canapés próximos, com os olhos presos à sua pessoa. Foi então que percebi com nitidez passos leves sobre o carpete e perto do leito; e, um segundo depois, enquanto Rowena estava levando o vinho aos lábios, vi, ou posso ter sonhado que vi, cair dentro do cálice, como que vindas de alguma fonte invisível na atmosfera do quarto, três ou quatro grandes gotas de um líquido brilhante cor de rubi. Se eu vi isso — Rowena não viu. Engoliu o vinho sem hesitar, e evitei falar-lhe de uma circunstância que devia afinal, assim considerei, ter sido apenas a sugestão de uma imaginação vívida, tornada morbidamente ativa pelo terror da dama, pelo ópio e pela hora.

Contudo, não posso esconder de minha própria percepção que, logo após a queda das gotas de rubi, uma súbita mudança para pior ocorreu no distúrbio de minha esposa; assim, na terceira noite subsequente, as mãos de suas amas a prepararam para o túmulo e, na quarta, sentei-me só, com seu corpo amortalhado, naquela câmara fantástica que a havia recebido como minha esposa. Visões alucinantes, geradas pelo ópio, voavam como sombras diante de mim. Observei com olhos inquietos os sarcófagos nos cantos do aposento, as figuras mutantes da tapeçaria e os volteios das chamas multicores do incensário no alto. Meus olhos então pousaram, enquanto eu recuperava na memória as circunstâncias de uma noite anterior, no ponto abaixo da luz do incensário onde havia visto os leves traços da sombra. No entanto, não estava mais lá; e, respirando com maior liberdade, voltei o olhar para a figura pálida e rígida sobre o leito. Nesse momento, assombraram-me mil lembranças de Ligeia — e então recaiu sobre meu coração, com a turbulenta violência de uma enchente, toda aquela dor indizível com a qual eu a havia visto, a ela, assim amortalhada. A noite avançava; e ainda então, com o peito cheio de pensamentos amargos na única e supremamente adorada, continuei com os olhos postos no corpo de Rowena.

Pode ter sido à meia-noite, ou talvez mais cedo, ou mais tarde, pois não tomei nota do tempo, quando um soluço, baixo, suave, mas muito distinto, acordou-me do meu devaneio. Senti que o som vinha do leito de ébano — o leito de morte. Escutei em agonia de terror supersticioso — mas não houve repetição do som. Agucei a vista para detectar qualquer movimento do cadáver — mas nada havia de perceptível. Entretanto, eu não podia estar enganado. Eu ouvira o ruído, por mais fraco que fosse, e minha alma estava desperta dentro de mim. Com resolução e persistência, mantive minha atenção centrada no corpo. Muitos minutos se passaram antes que ocorresse qualquer circunstância que pudesse jogar alguma luz sobre o mistério. Por fim, ficou evidente que um leve traço de cor muito tênue e mal perceptível havia surgido nas faces e ao longo das pequenas veias fundas das pálpebras. Com uma espécie de horror e espanto inomináveis, para os quais a linguagem da mortalidade não possui expressão suficientemente vigorosa, senti meu coração parar de bater, meus membros se enrijecerem onde eu estava sentado. No entanto, um senso de dever por fim surgiu para restaurar meu autocontrole. Não podia mais duvidar de que havíamos nos precipitado em nossos preparativos — de que Rowena ainda vivia. Era necessário que alguma atitude imediata fosse tomada; porém, o torreão ficava completamente isolado da área da abadia que era servida pelos criados — não havia ninguém a quem chamar — eu não tinha como convocar sua ajuda sem ter de abandonar o quarto por muitos minutos — e isso eu não ousava fazer. Assim, lutei sozinho em meus esforços para trazer de volta o espírito que ainda flutuava por ali. Em curto período, contudo, ficou evidente que ocorrera uma recaída; a cor desapareceu das pálpebras e das faces, deixando uma palidez ainda maior que a do mármore; os lábios tornaram-se duplamente enrugados e retorcidos no medonho esgar da morte; uma umidade e um frio repulsivos espalharam-se com rapidez pela superfície do corpo; e toda a usual rigidez inflexível imediatamente manifestou-se. Caí estremecendo sobre o canapé do qual havia sido despertado com tamanho sobressalto e novamente entreguei-me, em vigília, a visões ardentes de Ligeia.

Uma hora assim havia decorrido, quando (seria possível?) percebi pela segunda vez um som vago vindo das proximidades do leito. Escutei — em terror extremo. O som ocorreu outra vez — era um suspiro. Aproximei-me depressa do cadáver e vi — vi claramente — um tremor sobre os lábios. Um minuto depois eles relaxaram, revelando uma fieira brilhante de dentes perolados. O assombro agora lutava dentro de meu peito com o profundo espanto que havia até então reinado absoluto. Senti que minha visão ficava turva e que minha razão vagava a esmo; e foi apenas com um esforço violento que afinal consegui controlar os nervos e realizar a tarefa que o dever uma vez mais havia determinado. Havia agora um brilho parcial na testa e nas faces e na garganta; um calor perceptível espalhava-se pelo corpo todo; havia até mesmo um leve batimento do coração. A dama vivia; e, com ardor redobrado, lancei-me à tarefa de reanimação. Friccionei e molhei as têmporas e as mãos, e usei todos os meios que a experiência, e vasta leitura médica, podiam sugerir. Mas foi em vão. De repente, a cor desapareceu, o batimento cessou, os lábios readquiriram a expressão dos mortos e, um instante depois, todo o corpo assumiu a frigidez gélida, a tonalidade lívida, o rigor intenso, os contornos fundos e todas as peculiaridades repugnantes daquele que foi, por muitos dias, um habitante do túmulo.

E mais uma vez mergulhei em visões de Ligeia — e mais uma vez (é de espantar que eu estremeça enquanto escrevo?), mais uma vez chegou aos meus ouvidos um suspiro baixo vindo das proximidades do leito de ébano. Mas por que devo detalhar em minúcias os horrores indescritíveis daquela noite? Por que devo fazer uma pausa para relatar como, seguidas vezes, até perto da hora da alvorada cinzenta, esse horrendo drama de re-vivificação foi repetido: como cada recaída terrível era apenas para uma morte mais rígida e aparentemente mais irrecuperável; como cada agonia assumia o aspecto de uma luta contra algum inimigo invisível; e como cada luta era seguida por não sei que tipo de mudança extrema na aparência pessoal do cadáver? Que me seja permitido concluir com rapidez.

A maior parte da horrível noite havia passado, e aquela que estivera morta uma vez mais se moveu — e dessa vez com maior vigor que antes, embora despertando de uma dissolução ainda mais aterradora em sua completa desesperança do que qualquer outra. Havia muito que eu deixara de lutar ou movimentar-me, e permanecia rigidamente sentado sobre o canapé, uma presa impotente de um turbilhão de emoções violentas, das quais o estarrecimento extremo fosse talvez o menos terrível, o menos esmagador. O cadáver, repito, fez um movimento e, dessa vez, com maior vigor que antes. As cores da vida afloraram ao semblante com inesperada energia — os membros se relaxaram — e, não fosse porque as pálpebras ainda estivessem firmemente cerradas, e as bandagens e ataduras mortuárias ainda emprestassem seu aspecto sepulcral à figura, eu poderia ter sonhado que Rowena havia, de fato, removido totalmente os grilhões da Morte. Mas, embora essa ideia não tenha sido, nem mesmo então, adotada por completo, eu não pude mais duvidar quando, levantando-se do leito, cambaleando com passos fracos, os olhos fechados e as maneiras de alguém atordoado em meio a um sonho, o ser amortalhado avançou com ousadia e clareza para o centro do quarto.

Não tremi — não me movi — pois uma multidão de fantasias impronunciáveis conectadas com a aparência, a estatura, a atitude da figura, correndo por dentro de meu cérebro, havia me paralisado — havia me petrificado. Não me movi — mas fiquei observando a aparição.

Havia uma desordem louca em meus pensamentos — um tumulto implacável. Poderia ser, de fato, a Rowena viva que me confrontava? Poderia ser, de fato, alguma Rowena — Lady Rowena Trevanion da Tremânia, aquela de cabelos claros e olhos azuis? Por que, por que devia eu duvidar disso? As bandagens comprimiam a boca — mas poderia não ser então a boca de Lady da Tremânia que respirava? E as faces — eram as rosas como no ápice de sua vida — sim, essas poderiam, sim, ser as lindas faces da Lady da Tremânia que vivia. E o queixo, com as covinhas, quando na saúde, não poderia ser o dela? — mas, será que ela havia ficado mais alta desde a sua enfermidade? Que loucura inexprimível tomava conta de mim com esse pensamento? Um salto, e eu havia alcançado seus pés! Esquivando-se ao meu toque, ela deixou cair da cabeça, solta, a mortalha medonha que a havia envolvido, e desprenderam-se na atmosfera agitada do quarto enormes mechas de cabelo longo e revolto; era mais negro que as asas escuras do corvo da meia-noite! E então lentamente abriram-se os olhos da figura que estava postada diante de mim. "Nisso então, pelo menos," gritei, "eu jamais — jamais poderia me enganar — esses são os olhos grandes e negros e selvagens — do meu amor perdido — de Lady — LADY LIGEIA."

BERENICE

> Dicebant mihi sodales, si sepulchrum amicae visitarem, curas
> meas aliquantulum fore levatas.[1]
> — *Ebn Zaiat*

A miséria tem muitos aspectos. A desventura na terra é multiforme. Estendendo-se para além do vasto horizonte como o arco-íris, seus matizes são tão variados como os matizes desse arco — e, como nele, também distintos, mas intimamente misturados. Estendendo-se para além do vasto horizonte como o arco-íris! Como é que, a partir da beleza, eu derivei uma espécie de falta de encanto? — do acordo de paz, um símile do pesar? Mas, do mesmo modo que, na ética, o mal é consequência do bem, assim também, na verdade, da alegria nasce o pesar. Ou a lembrança da felicidade

---

[1] A tradução de Poe para esta epígrafe encontra-se apenas na primeira versão do conto e é a seguinte: "My companions told me I might find some little alleviation of my misery, in visiting the grave of my beloved." Em português, "Meus companheiros disseram que eu poderia encontrar um pouquinho de alívio para minha miséria quando visitasse o túmulo de minha amada."

passada é a angústia do presente, ou as agonias que *existem* têm sua origem nos êxtases que *poderiam ter existido*.

Meu nome de batismo é Egeu; o de família, não o mencionarei. Porém, não há torres neste país mais veneráveis que as do palacete sombrio e cinzento que tive por herança. Nossa linhagem tem sido chamada uma raça de visionários; e, em muitos detalhes extraordinários — no caráter da mansão da família — nos afrescos do salão principal — nas tapeçarias dos dormitórios — nos entalhes de algumas colunas na sala de armas — mas, em particular, na galeria de quadros antigos — no estilo da biblioteca — e, finalmente, na natureza muito peculiar do conteúdo da biblioteca — há provas mais que suficientes para ratificar essa crença.

As lembranças de meus primeiros anos estão relacionadas com esse recinto e com seus volumes — a respeito dos quais nada mais direi. Aqui morreu minha mãe. Aqui dentro eu nasci. Mas é inútil dizer que eu não vivera antes — que a alma não tem existência prévia. Você o nega? — não vamos discutir a questão. Convencido que estou, não procuro convencer. Há, porém, uma reminiscência de formas etéreas — de olhos espirituais e expressivos — de sons, musicais embora tristes; uma reminiscência que não pode ser apagada; uma reminiscência como uma sombra — vaga, variável, indefinida, fugaz; e como uma sombra também, na impossibilidade de que eu me livre dela enquanto a luz solar de minha razão existir.

Foi nesse recinto que eu nasci. Despertando então de chofre da longa noite do que parecia ser, mas não era, a não entidade, para dentro do próprio país das fadas — para dentro de um palácio da imaginação — para dentro dos domínios áridos da erudição e do pensamento monástico —, não é de estranhar que eu tenha olhado ao meu redor com olhos assustados e ardentes — que tenha consumido minha infância nos livros e dissipado minha juventude em devaneios; mas é, sim, de estranhar que, à medida que os anos foram passando e o ápice da idade adulta tenha me encontrado ainda na mansão dos meus ancestrais — é admirável que ali tamanha estagnação tenha se abatido nas fontes da minha vida — admirável que uma inversão tão completa tenha ocorrido no caráter dos meus pensamentos mais comuns. As realidades do mundo afetaram-me como visões, e como visões apenas, enquanto as estranhas ideias da terra dos sonhos tornaram-se, por sua vez, não o material de minha existência diária, mas, na realidade, aquela própria existência em si, total e exclusiva.

※ ※ ※

Berenice e eu éramos primos e crescemos juntos na mansão paterna. Contudo, crescemos de modos diferentes — eu, de saúde precária e enterrado na melancolia — ela, ágil, graciosa e transbordando de energia; para ela, os passeios nas colinas — para mim, os estudos no claustro; eu, vivendo dentro de meu próprio coração e viciado, de corpo e alma, na mais intensa e dolorosa meditação — ela, vagando despreocupada pela vida, sem um pensamento sequer para as sombras no seu caminho ou o voo silente das horas com asas de corvo. Berenice! — invoco seu nome — Berenice! — e, das ruínas cinzentas da memória, milhares de recordações tumultuosas sobressaltam-se com este som! Ah, vividamente ergue-se a sua imagem diante de mim agora, nos primeiros dias de sua despreocupação e alegria! Oh, beleza esplêndida porém fantástica! Oh, sílfide entre os arbustos de Arnheim! Oh, náiade entre suas fontes! E depois — depois tudo é mistério e terror, e um conto que não deveria ser contado. A doença — uma doença fatal — soprou como o simum sobre o seu corpo; e mesmo enquanto eu a observava, o espírito da mudança a envolveu, permeando sua mente, seus hábitos e seu temperamento, e, da maneira mais sutil e terrível, perturbando até a identidade de sua pessoa! Que pena! O destruidor chegou e se foi! — e a vítima — onde está ela? Eu não a conhecia — ou não a conhecia mais como Berenice!

Dentre as várias séries de enfermidades superinduzidas por aquela doença fatal e primária, que resultou em um tipo de revolução tão horrível no ser físico e moral de minha prima, pode-se mencionar, como a mais aflitiva e obstinada em sua natureza, uma espécie de epilepsia que não raro terminava no *transe* em si — transe que muito se assemelhava à morte de fato e do qual seu modo de recuperação era, em muitas ocasiões, surpreendentemente abrupto. Nesse meio tempo, minha própria doença — pois me haviam dito que eu não deveria chamá-la por outro nome — minha própria doença, então, agravou-se rapidamente em mim e assumiu afinal um caráter monomaníaco de uma forma nova e extraordinária — a cada hora e a cada momento ganhando vigor — e por fim exercendo em mim a mais incompreensível ascendência.

Essa monomania, se assim devo chamá-la, consistia em uma irritabilidade mórbida daquelas propriedades da mente que, na ciência metafísica, denominam-se as da *atenção*. É mais que provável que eu não me faça entender; mas temo, na verdade, não ser possível de modo algum transmitir ao leitor geral uma ideia adequada daquela *intensidade de interesse* nervosa com a qual, no meu caso, as faculdades da meditação (para não usar linguagem técnica) se aplicavam e se absorviam na contemplação até mesmo dos objetos mais comuns do universo.

Refletir por longas horas inesgotáveis, com minha atenção cravada em algum detalhe frívolo na margem ou na tipografia de um livro; ficar absorto, durante a maior parte de um dia de verão, em uma sombra pitoresca que se projetasse de forma oblíqua na tapeçaria ou no assoalho; perder-me, por toda uma noite, olhando a chama uniforme de uma lamparina ou as brasas de uma lareira; ficar sonhando dias inteiros com o perfume de uma flor; repetir, com monotonia, alguma palavra comum, até que o som, por força da repetição frequente, deixasse de transmitir qualquer ideia à mente; perder todo sentido de movimento ou de existência física por meio de absoluta dormência corporal longa e obstinadamente mantida: esses eram alguns dos caprichos mais comuns e menos perniciosos induzidos por uma afecção das faculdades mentais não, na verdade, de todo inigualável, mas que certamente desafiava qualquer tipo de análise ou explicação.

No entanto, que eu não seja mal compreendido. A atenção indevida, determinada e mórbida assim provocada por objetos em sua própria natureza frívolos, não deve ser confundida em seu caráter com aquela tendência à ruminação comum a toda a humanidade, e mais especialmente cultivada por pessoas de imaginação ardente. Não era sequer, como pode-se supor a princípio, um distúrbio extremo, ou o exagero dessa propensão, mas algo primária e essencialmente distinto e diferente. No caso, o sonhador, ou entusiasta, estando interessado por um objeto em geral *não* frívolo, imperceptivelmente perde de vista esse objeto em uma infinidade de deduções e sugestões que dele decorrem, até que, na conclusão de um devaneio *frequentemente repleto de luxo*, percebe que o *incitamentum*, ou a causa primária, de suas reflexões, encontra-se de todo esvanecido e esquecido. Em meu caso, o objeto primário era *invariavelmente frívolo*, embora assumisse, por meio do canal de minha visão destemperada, uma importância refratada e irreal. Poucas deduções, caso houvesse, eram feitas; e essas poucas retornavam com teimosia para o objeto original como centro. As meditações *nunca* eram agradáveis; e, ao término do devaneio, a causa primeira, ao invés de encontrar-se afastada, havia atingido aquele interesse exagerado e sobrenatural que era a característica predominante da doença. Em resumo, as faculdades mentais mais especificamente exercitadas por mim eram, como já disse, as da *atenção*, e são, por aquele que sonha acordado, as da *especulação*.

Meus livros, nessa época, se de fato não serviam para agravar o transtorno, tomavam parte clara, como se perceberá, com sua natureza imaginativa e inconsequente, nas qualidades características do próprio transtorno.

Eu me lembro bem, entre outros, do tratado do nobre italiano, Coelius Secundus Curio, *De Amplitudine Beati Regni Dei*; da grande obra de Santo Agostinho, A Cidade de Deus; e do *De Carne Christi* de Tertuliano, no qual o período paradoxal "Mortuus est Dei filius; credibile est quia ineptum est; et sepultus resurrexit; certum est quia impossibile est,"[2] ocupou meu tempo integral, durante muitas semanas de pesquisa laboriosa e infrutífera.

Assim parecerá que, abalada em seu equilíbrio apenas por trivialidades, minha razão se assemelhava àquela falésia mencionada por Ptolomeu Hephestion, que resistia firmemente aos ataques da violência humana e à fúria ainda mais feroz das águas e dos ventos, estremecendo apenas ao toque da flor chamada Asfodel. E, embora para um pensador negligente possa parecer uma questão fora de dúvida que a alteração produzida pela infeliz doença de Berenice em sua condição *moral* me forneceria muitos motivos para o exercício daquela meditação intensa e anormal cuja natureza tenho tido certa dificuldade de explicar, no entanto não foi esse o caso de modo algum. Nos lúcidos intervalos da minha doença, sua calamidade, de fato, era dolorosa para mim, e, com o coração profundamente comovido por aquele aniquilamento total de sua vida linda e delicada, eu não deixava de ponderar, com frequência e amargura, nos espantosos mecanismos

---

[2] O Filho de Deus morreu; isso é crível porque parece tão absurdo que Ele o fizesse. E ressuscitou dos mortos; isso é certo porque é impossível fazê-lo.

pelos quais uma transformação tão estranha se produzira de maneira tão repentina. Mas aquelas reflexões não partilhavam da idiossincrasia de minha doença, e eram as que teriam ocorrido, em semelhantes circunstâncias, à massa comum da humanidade. Coerente com seu próprio caráter, meu distúrbio deleitava-se nas mudanças menos importantes porém mais desconcertantes ocorridas na estrutura *física* de Berenice — na distorção insólita e altamente chocante de sua identidade pessoal.

Durante os dias mais radiantes de sua beleza sem igual, eu certamente jamais a amara. Na estranha anomalia de minha existência, os sentimentos, para mim, *jamais haviam sido* do coração, e minhas paixões *sempre eram* da mente. Através das madrugadas cinzentas — entre as sombras entrecruzadas da floresta ao meio-dia — e no silêncio de minha biblioteca à noite — ela havia esvoaçado diante de meus olhos, e eu a havia visto — não como a Berenice viva e animada, mas como a Berenice de um sonho; não como um ser da terra, terrena, mas como a abstração de tal ser; não como uma coisa para admirar, mas para analisar; não como um objeto de amor, mas como o tema da mais abstrusa, ainda que despropositada, especulação. E *agora* — agora eu estremecia em sua presença e empalidecia à sua aproximação; no entanto, lamentando amargamente seu estado decadente e desolado, eu lembrava que ela me amava havia muito tempo e, num momento infeliz, falei com ela em casamento.

E, afinal, o período das núpcias vinha se aproximando, quando, em uma tarde de inverno — em um daqueles dias inesperadamente quentes, calmos e nevoentos que são a enfermeira da bela Alcíone,³ — eu me sentei (e me sentei, pensei eu, sozinho) na saleta interna da biblioteca. Mas, ao levantar o olhar, vi Berenice em pé diante de mim.

Foi minha imaginação exaltada — ou a influência enevoada da atmosfera — ou a penumbra incerta do cômodo — ou o tecido cinzento que lhe rodeava o corpo — que lhe conferiu um contorno tão vacilante e indistinto? Não saberia dizê-lo. Ela não disse palavra; e eu — por nada no mundo conseguiria enunciar uma sílaba. Um arrepio glacial percorreu meu corpo; uma sensação de insuportável ansiedade oprimiu-me; uma curiosidade devoradora permeou minha alma; e, afundando na cadeira, permaneci por algum tempo sem respirar e sem me mover, com os olhos cravados em sua pessoa. Que tristeza! Seu definhamento era excessivo, e nenhum vestígio do antigo ser remanescia em uma linha sequer do contorno. Meus olhares febris finalmente pousaram sobre o rosto.

A testa era alta e muito pálida, e singularmente plácida; e o cabelo, antes negro, caía parcialmente sobre ela e ensombreava as têmporas cavas com inúmeros cachos, agora de um amarelo vívido e chocando-se em desarmonia, em seu caráter fantástico, com a melancolia reinante da fisionomia. Os olhos não tinham vida e não tinham brilho e pareciam não ter pupilas, e eu me encolhi involuntariamente ao passar de seu olhar vítreo

---

³ Como Júpiter, durante o inverno, oferecia duas vezes sete dias de calor, os homens chamaram esse tempo clemente e temperado a enfermeira da bela Alcíone. — *Simonides*. (N. A.)

para a contemplação dos lábios finos e murchos. Eles se abriram; e, em um sorriso de peculiar expressão, *os dentes* de Berenice, tão mudada, revelaram-se lentamente à minha visão. Quisera Deus que eu jamais os houvesse visto, ou que, tendo-os visto, tivesse morrido!

* * *

O bater de uma porta perturbou-me e, levantando o olhar, descobri que minha prima havia saído do recinto. Mas, do recinto desordenado de meu cérebro, não havia, infelizmente! partido, e não seria afastado o *spectrum* branco e fantasmal dos dentes. Nenhuma mancha em sua superfície — nenhuma sombra em seu esmalte — nenhuma ranhura em suas bordas — mas aquele breve período de seu sorriso havia bastado para estampá-los em minha memória. Eu os via *agora* ainda mais inequivocamente do que os havia percebido *então*. Os dentes! — os dentes! — eles estavam aqui, e ali, e em toda parte, e visível e palpavelmente diante de mim; longos, estreitos e excessivamente brancos, com os lábios pálidos retorcendo-se ao redor deles, como no momento mesmo de sua primeira revelação terrível. Então sobreveio a fúria completa de minha *monomania*, e eu lutei em vão contra sua estranha e irresistível influência. Para os múltiplos objetos do mundo externo, não tive pensamentos, a não ser para os dentes. Pois esses, eu os ansiei com um desejo frenético. Todas as outras questões e todos os diferentes interesses foram absorvidos tão somente em sua contemplação. Eles — apenas eles estavam presentes ao olho mental e eles, em sua individualidade isolada, tornaram-se a essência de minha vida mental. Eu os via sob todas as luzes. Revirava-os em todas as atitudes. Investigava suas características. Detinha-me em suas peculiaridades. Ponderava sobre sua conformação. Refletia sobre a alteração de sua natureza. Estremecia conforme atribuía-lhes, na imaginação, um poder sensível e senciente e, mesmo quando não resguardados pelos lábios, uma capacidade de expressão moral. A respeito de Mademoiselle Salle, foi muito bem dito: "Que tous ses pas étaient des sentiments,"[4] e, a respeito de Berenice, acreditei mais seriamente, *que tous ses dents étaient des idées. Des idées!*[5] — ah, esse foi o pensamento idiota que me destruiu! *Des idées!* — ah, foi *por isso* que os desejei com tanta loucura! Senti que apenas sua posse poderia restaurar minha paz, devolver-me a razão.

E a noite fechou-se sobre mim desse modo — e então a escuridão veio, e demorou-se, e se foi — e o dia novamente amanheceu — e as brumas de uma segunda noite estavam agora reunindo-se — e eu ainda estava sentado imóvel naquela sala solitária — e ainda estava sentado meditando — e ainda *a aparição* dos dentes mantinha sua terrível ascendência, enquanto, com a mais vívida e horrível nitidez, flutuava entre as luzes e sombras cambiantes do recinto. Por fim, rompeu sobre meus sonhos um grito como de horror e consternação; e ademais, depois de uma

---

[4] Que todos os seus passos eram sentimentos.
[5] Que todos os seus dentes eram ideias. Ideias!

pausa, sucedeu-se o som de vozes perturbadas, misturado a muitos gemidos baixos de pesar ou de dor. Levantei-me de meu assento e, abrindo uma das portas da biblioteca, vi parada, do lado de fora na antecâmara, uma jovem criada banhada em lágrimas, que me contou que Berenice — não mais existia! Havia sido tomada pela epilepsia no início da manhã e agora, no fim da noite, o túmulo estava pronto para sua hóspede, e todos os preparativos para o enterro estavam concluídos.

* * *

Dei por mim sentado na biblioteca e mais uma vez sentado ali sozinho. Parecia-me que havia acabado de despertar de um sonho confuso e impressionante. Sabia que era então meia-noite e estava bem consciente de que, desde o pôr do sol, Berenice havia sido enterrada. Mas, daquele período sombrio que havia transcorrido, eu não tinha qualquer compreensão positiva nem pelo menos definida. Porém, sua lembrança estava repleta de horror — horror mais horrível por ser vago, e terror mais terrível pela ambiguidade. Era uma página assustadora no registro da minha existência, toda escrita com recordações sombrias, e horrendas, e ininteligíveis. Esforcei-me por decifrá-las, mas em vão; enquanto, de tempos em tempos, como o espírito de um som extinto, o grito agudo e penetrante de uma voz de mulher parecia soar em meus ouvidos. Eu havia realizado uma façanha — qual era ela? Fiz a pergunta a mim mesmo em voz alta, e os ecos sussurrantes do recinto me responderam — "Qual era ela?"

Sobre a mesa ao meu lado queimava uma lamparina e, perto dela, encontrava-se uma caixinha. Ela não tinha uma característica notável, e eu a havia visto antes com frequência, pois pertencia ao médico da família; mas, como é que fora parar *ali*, sobre a minha mesa, e por que estremeci ao olhar para ela? Essas coisas de modo nenhum se explicavam, e meus olhos finalmente pousaram sobre as páginas de um livro aberto e sobre uma frase nele sublinhada. As palavras eram aquelas singulares porém simples do poeta Ebn Zaiat: — "Dicebant mihi sodales ni sepulchrum amicoe visitarem, curas meas aliquantulum fore levatas." Por que, então, quando eu as li, os cabelos de minha cabeça se eriçaram e o sangue do meu corpo congelou-se nas veias?

Houve uma leve batida na porta da biblioteca — e, pálido como o ocupante de um túmulo, um criado entrou nas pontas dos pés. Sua expressão estava transtornada de terror, e ele falou comigo em uma voz trêmula, rouca e muito baixa. O que disse? — algumas frases entrecortadas eu escutei. Falou de um grito desvairado perturbando o silêncio da noite — da reunião dos criados da casa — de uma busca na direção do som; e então seu tom de voz tornou-se mais penetrante e distinto quando ele me sussurrou a respeito de um túmulo violado — de um corpo desfigurado na mortalha, e no entanto ainda respirando — ainda palpitando — *ainda vivo!*

Ele apontou para as minhas roupas; estavam enlameadas e manchadas com sangue coagulado. Eu nada disse, e ele me tomou suavemente pela mão: estava marcada com a impressão de unhas humanas. Chamou minha atenção para algum objeto na parede. Olhei-o por alguns minutos: era uma espada. Com um grito, curvei-me sobre a mesa e agarrei a caixa que se encontrava sobre ela. Mas não consegui abri-la; e, ao meu tremor, ela escorregou-me das mãos e caiu pesadamente, despedaçando-se; e, de dentro dela, tilintando, deslizaram alguns instrumentos de cirurgia dentária, em meio a trinta e duas substâncias pequenas, brancas e com aparência de marfim que se espalharam por todo o chão.

MORELLA

> Αυτο χαθ αυτο μεθ' αυτου, μονο ειδες αιει ου.
> *Em si, por si tão somente, UM para todo o sempre, e só.*
> — Platão — *Sympos.*

Com um sentimento de profunda e no entanto da mais singular afeição, eu considerava minha amiga Morella. Lançada por acidente em seu convívio há muitos anos, minha alma, desde o nosso primeiro encontro, ardeu em chamas que jamais antes conhecera; mas as chamas não eram de Eros, e amarga e tormentosa para meu espírito era a gradual convicção de que eu não conseguia de modo algum definir seu significado invulgar, ou controlar sua vaga intensidade. No entanto, nós nos encontramos; e o destino juntou-nos no altar; e eu nunca falei em paixão, nem pensei em amor. Ela, porém, retirou-se da sociedade e, apegando-se somente a mim, fez-me feliz. É uma felicidade maravilhar-se; — é uma felicidade sonhar.

A erudição de Morella era profunda. De algo estou certo, seus talentos não eram comuns — suas capacidades mentais eram gigantescas. Eu senti isso e, em muitos assuntos, tornei-me seu aluno. Logo, porém, descobri que, talvez por causa da educação que recebera em Pressburg, ela colocava diante de mim vários daqueles textos místicos que são comumente considerados a mera escória do primeiro período da literatura alemã. Estes, por que razão não consigo imaginar, eram seu campo de estudo favorito e constante — e que, no decorrer do tempo, ele tenha se tornado o meu próprio deve-se atribuir à influência simples mas eficaz do hábito e do exemplo.

Em tudo isso, se não estou errado, minha razão pouco valeu. Minhas convicções, se não me esqueço, não eram de modo algum influenciadas pelo ideal, nem qualquer vestígio do misticismo que eu lia era notado, a menos que eu muito me engane, em minhas ações ou em meus pensamentos. Persuadido disso, abandonei-me implicitamente à orientação de minha esposa e penetrei com um coração resoluto nas complexidades de seus estudos. E então — então, quando, concentrado nas páginas proibidas, eu sentia um espírito proibido inflamar-se dentro de mim — Morella colocava a mão fria sobre a minha e arrancava, das cinzas de uma filosofia morta, algumas palavras suaves, insólitas, cujo estranho significado cauterizava-as em minha memória. E então, hora após hora, eu me demorava ao seu lado e ficava apreciando a música de sua voz — até que, por fim, sua melodia se maculava de terror —, e caía uma sombra em minha alma — e eu empalidecia e estremecia por dentro ao escutar aqueles tons demasiado sobrenaturais. E assim, a alegria de súbito esvanecia-se em horror, e o mais belo tornava-se o mais hediondo, como Hinnom tornou-se Gehena.[1]

É desnecessário enunciar o caráter exato desses tratados que, escapando dos volumes que mencionei, formaram, por tanto tempo, quase a única conversa entre Morella e mim. Pelos iniciados naquilo que se pode denominar moralidade teológica, eles serão prontamente entendidos, e pelos leigos seriam, em todo caso, pouco compreendidos. O panteísmo impetuoso de Fichte; a Παλιγγενεσια[2] modificada dos pitagóricos; e, acima de tudo, as doutrinas da *Identidade* tais como proclamadas por Schelling eram geralmente os temas de discussão que apresentavam a maior beleza à imaginativa Morella. Essa identidade que é denominada pessoal, o Sr. Locke, acredito, define-a legitimamente como a que consiste na sanidade de um ser racional. E como, por pessoa, entendemos uma essência inteligente dotada de razão, e como há uma consciência que sempre acompanha o pensamento, é isso que nos torna a todos aquilo que chamamos *nós mesmos* — distinguindo-nos, portanto, dos outros seres pensantes e fornecendo-nos nossa identidade pessoal. Mas o *principium individuationis* — a noção daquela

---

[1] Hinnom é um belo vale que se encontra fora das muralhas da antiga Jerusalém. Quando seus moradores começaram a oferecer crianças em sacrifício ao deus Moloch, os fogos desses sacrifícios foram associados ao fogo do inferno na teologia judaica e cristã, e o termo Ge-Hinnom (que significava vale de Hinnom) evoluiu para Ge-Henna, ou simplesmente Gehenna, que se tornou sinônimo de inferno.

[2] "Palingenesis," que significa nascer, nascer novamente, regeneração ou reencarnação.

identidade que, *na morte, é ou não é perdida para sempre* — essa noção era para mim, o tempo todo, uma consideração de intenso interesse; menos pela natureza desconcertante e estimulante de suas consequências do que pela maneira distinta e apaixonada com que Morella as mencionava.

Mas, na verdade, havia chegado então um tempo em que o mistério do comportamento de minha esposa oprimia-me como um feitiço. Eu não conseguia mais suportar o toque de seus dedos pálidos, nem o tom grave de sua linguagem musical, nem o brilho de seus olhos melancólicos. E ela sabia de tudo isso, mas não me censurava; parecia consciente de minha fraqueza ou minha tolice e, sorrindo, dizia que era o Destino. Parecia, também, consciente de uma causa, para mim desconhecida, do gradual retraimento de minha atenção; mas não me dava indícios ou sinais da natureza disso. No entanto, era mulher, e definhava a cada dia. Com o tempo, a mancha rubra fixou-se com persistência em suas faces e as veias azuis na testa pálida tornaram-se proeminentes; e, num instante, minha natureza derretia-se de piedade, mas, no instante seguinte, eu encarava o brilho de seus olhos expressivos e então minha alma adoecia e ficava atordoada com o atordoamento daquele que olha para dentro de algum abismo sombrio e impenetrável.

Devo então dizer que desejei, com um desejo sincero e ardente, o momento da morte de Morella? Pois desejei; mas o espírito frágil agarrou-se à sua morada de barro por muitos dias — por muitas semanas e meses exaustivos — até que meus nervos torturados conquistaram o domínio de minha mente, e eu fiquei furioso pela demora e, com o coração de um demônio, amaldiçoei os dias, e as horas, e os momentos amargos, que pareciam alongar-se e alongar-se enquanto sua delicada vida fenecia — como sombras ao morrer do dia.

Mas, numa tarde de outono, quando os ventos se aquietavam no céu, Morella chamou-me junto à cama. Havia uma neblina turva por toda a terra e um brilho cálido por sobre as águas e, entre as abundantes folhas de outubro na floresta, um arco-íris certamente havia caído do firmamento.

"Este é o dia dos dias", disse ela, quando me aproximei; "um dia entre os dias todos, ou para viver, ou para morrer. É um lindo dia para os filhos da terra e da vida — ah, mais lindo para as filhas do céu e da morte!"

Beijei sua testa, e ela continuou:

"Estou morrendo, no entanto vou viver."

"Morella!"

"Nunca houve os dias em que conseguiste me amar —, mas aquela que na vida abominaste, na morte irás adorar."

"Morella!"

"Repito que estou morrendo. Mas dentro de mim há um penhor daquela afeição — ah, tão pequena! — que sentiste por mim, Morella. E quando meu espírito partir, a criança viverá — tua criança e minha, a criança de Morella. Mas teus dias serão dias de pesar — desse pesar que é a mais duradoura das impressões, como o cipreste é a mais duradoura das árvores. Pois as horas da tua felicidade terminaram; e a alegria não se colhe duas vezes na vida, como as rosas de Paestum duas vezes no ano.[3] Não deverás mais, então, bancar o teano[4] com o tempo, mas, sendo ignorante do mirto e da videira, carregarás contigo teu sudário sobre a terra, como fazem os muçulmanos em Meca."

"Morella!", gritei, "Morella! Como sabes disso?" — mas ela virou o rosto no travesseiro e, como um leve tremor lhe tomasse as pernas, assim morreu, e não mais escutei sua voz.

Porém, como ela havia previsto, sua criança — a qual, ao morrer, havia dado à luz, a qual não respirou até que a mãe não mais respirasse — sua criança, uma filha, viveu. E cresceu estranhamente em estatura e intelecto, e era a perfeita semelhança daquela que havia partido, e eu a amei com um amor mais fervoroso do que acreditara ser possível sentir por qualquer habitante da terra.

Mas, em pouco tempo, o paraíso dessa afeição pura escureceu-se, e a melancolia, e o horror, e a amargura cobriram-no de nuvens. Eu disse que a criança cresceu estranhamente em estatura e inteligência. Estranho, de fato, era o rápido aumento no tamanho do seu corpo — mas terríveis, oh! terríveis eram os pensamentos tumultuosos

---

[3] Rosas que floriam duas vezes ao ano em Paestum, cidade que ficava na costa sudoeste da Itália, ao sul de Salerno, na Antiguidade. São citadas nas obras de Virgílio e Ovídio.

[4] Referência indireta ao poeta grego Anacreonte, que viveu em Teos, colônia grega em Ionia, Anatólia, na parte asiática da atual Turquia. Anacreonte escreveu poemas que celebravam o vinho, as mulheres e a música. A alusão de Morella a Anacreonte é sua maneira de dizer ao narrador que seus dias de felicidade terminaram.

que se apinhavam em mim enquanto eu assistia ao desenvolvimento de sua mente! Poderia ser de outro modo, quando eu diariamente descobria, nas concepções da criança, as aptidões e as faculdades adultas da mulher? — quando as lições da experiência rompiam dos lábios da infância? E quando a sabedoria ou as paixões da maturidade, eu as descobria a cada hora luzindo em seùs olhos grandes e especulativos? Quando, digo eu, tudo isso tornou-se evidente aos meus sentidos atordoados — quando não pude mais escondê-lo de minha alma, nem me desfazer daquelas percepções que tremiam ao recebê-lo — é de admirar que suspeitas de uma natureza temerosa e estimulante se apoderassem de meu espírito, ou que meus pensamentos se voltassem horrorizados para as histórias audaciosas e teorias eletrizantes da sepultada Morella? Arrebatei, do escrutínio do mundo, um ser que o destino me compeliu a adorar e, na rigorosa reclusão de meu lar, cuidava, com uma ansiedade angustiante, de tudo aquilo que dizia respeito à bem-amada.

E, à medida que os anos passavam e eu observava, dia após dia, seu rosto sagrado e suave e eloquente, e cismava com suas formas que amadureciam, dia após dia eu ia descobrindo novos pontos de semelhança entre a criança e a mãe, a melancólica e a morta. E, a cada hora, aquelas sombras de semelhança iam se escurecendo e tornando-se mais completas, mais definidas e mais desconcertantes, e mais medonhamente terríveis em seu aspecto. Pois que seu sorriso fosse como o da mãe, isso eu podia aguentar; mas logo eu estremecia com sua *identidade* demasiado perfeita — que seus olhos fossem como os de Morella, eu podia suportar; mas logo, com demasiada frequência, eles penetravam as profundezas de minha alma com a mesma intensa e surpreendente intencionalidade de Morella. E, no contorno de sua fronte alta, e nos anéis do cabelo sedoso, e nos dedos pálidos que neles se enterravam, e nos tristes tons musicais de sua fala, e, acima de tudo — oh! acima de tudo — nas locuções e expressões da morta nos lábios da amada e viva, eu encontrava alimento para o pensamento obsessivo e o horror — para um verme que *não queria* morrer.

 Assim se passaram dez anos de sua vida, e, até então, minha filha permanecia sem nome no mundo. "Minha criança" e "meu amor" eram as denominações habitualmente motivadas pela afeição de um pai, e a rígida reclusão de seus dias interditava qualquer outro relacionamento. O nome de Morella morrera com ela em sua morte. Da mãe, eu nunca havia falado com a filha; — era impossível falar. Na verdade, durante o breve período de sua existência, esta nunca havia recebido impressões do mundo exterior, exceto as que podiam ser oferecidas pelos limites estreitos de sua privacidade. Mas finalmente a cerimônia do batismo apresentou à minha mente, em seu estado confuso e agitado, uma redenção instantânea dos terrores do meu destino. E, na pia baptismal, eu hesitei quanto a um nome. E muitos nomes de sabedoria e de beleza, de tempos antigos e modernos, de minhas próprias terras e terras estrangeiras, vieram aos borbotões a meus lábios, com muitos, muitos lindos nomes de docilidade, de felicidade e de bondade. O que me induziu, então, a perturbar a memória da morta enterrada? Que demônio impeliu-me a proferir aquele som, que, em sua lembrança mesma costumava fazer fluir o sangue púrpura em torrentes das têmporas ao coração? Que espírito maligno falou dos recessos de minha alma, quando, entre aquelas naves soturnas e no silêncio da noite, eu sussurrei nos ouvidos do sacerdote as sílabas — Morella? Quem mais senão um demônio convulsionou as feições da minha criança e nelas espalhou os matizes da morte, no instante em que, sobressaltando-se com aquele som escassamente audível, ela voltou os olhos vítreos da terra para o céu e, caindo prostrada sobre as lajes negras de nossa câmara ancestral, respondeu — "estou aqui!"

Distintos, friamente, calmamente distintos, penetraram esses poucos simples sons dentro de meus ouvidos e, partindo daí, como chumbo derretido, deslizaram silvando para dentro de meu cérebro. Anos — anos podem se passar, mas a lembrança dessa época — nunca! Nem era eu na verdade ignorante das flores e da videira — mas a cicuta e o cipreste encobriram-me noite e dia. E eu não registrei tempo nem lugar, e as estrelas do meu destino extinguiram-se do céu, e assim a terra ficou escura, e suas figuras passaram por mim, como sombras esvoaçantes, e dentre todas elas eu contemplei apenas — Morella. Os ventos do firmamento sopraram apenas um som dentro de meus ouvidos, e as ondulações do mar murmuraram para sempre — Morella. Mas ela morreu; e com minhas próprias mãos eu a levei ao túmulo; e eu ri com uma risada longa e amarga quando não encontrei vestígio algum da primeira, no sepulcro onde coloquei a segunda, Morella.

ELEONORA

Sub conservatione formæ specificæ salva anima.[1]
— *Raimundo Lúlio*

Venho de uma raça notável pelo vigor da fantasia e pelo ardor da paixão. Os homens me chamam louco; mas esta questão ainda não foi resolvida: se a loucura é ou não é a inteligência mais elevada — se muito do que é glorioso — se tudo o que é profundo — não brota da enfermidade do pensamento — das *disposições* da mente exaltada à custa do intelecto geral. Os que sonham de dia conhecem muitas coisas que escapam aos que sonham apenas à noite. Em suas visões cinzentas, eles obtêm vislumbres de eternidade, e estremecem, ao despertar, quando descobrem que estiveram às margens do grande segredo. Aos poucos, aprendem algo da sabedoria que é do bem, e mais ainda do mero conhecimento que é do mal. Penetram, porém, sem leme e sem bússola, no vasto

---

[1] É na preservação de sua forma específica que se encontra a segurança da alma.

oceano do "luminoso inefável", e, mais uma vez, como nas aventuras do geógrafo núbio, "agressi sunt mare tenebrarum, quid in eo esset exploraturi."[2]

Digamos, então, que eu seja louco. Garanto, pelo menos, que há dois estados distintos de minha existência mental — o estado de uma razão lúcida, que não deve ser contestado, pertencente à memória dos eventos que formam a primeira época de minha vida — e um estado de sombra e dúvida, pertencente ao presente e à lembrança daquilo que constitui a segunda grande era da minha existência. Portanto, no que eu digo acerca do primeiro período, acreditem; e, àquilo que possa relatar do período posterior, deem apenas o crédito que lhes parecer cabido; ou duvidem de tudo; ou, se duvidar não puderem, então que façam como Édipo diante do enigma.

Aquela que amei na juventude, e sobre a qual agora escrevo calma e distintamente estas lembranças, era a filha única da única irmã de minha mãe há muito falecida. Eleonora era o nome de minha prima. Sempre havíamos morado juntos, debaixo de um sol tropical, no Vale da Relva Matizada. Jamais um passo perdido chegou àquele vale; pois ele ficava longe, entre uma cadeia de gigantescas colinas que se estendiam proeminentes ao seu redor, impedindo o sol de chegar aos seus recessos mais belos. Nenhuma trilha se abria em sua vizinhança; e, para alcançar nossa ditosa morada, era preciso afastar, com força, a

---

[2] Aventuraram-se para dentro do mar escuro, a fim de explorar o que ele possa conter.

folhagem de milhares de árvores da floresta e esmagar até a morte milhões de fragrantes flores gloriosas. Assim era que vivíamos sós, nada sabendo do mundo além do vale — eu, minha prima e sua mãe.

Partindo das regiões sombrias além das montanhas na extremidade superior dos limites da nossa propriedade, ondeava um rio estreito e profundo, mais brilhante que tudo, exceto os olhos de Eleonora; e, serpeando secretamente em cursos labirínticos, ele passava, por fim, através de uma garganta melancólica, entre colinas ainda mais nebulosas do que aquelas em que nascera. Nós o chamávamos o "Rio do Silêncio"; pois parecia haver uma influência de quietude em seu fluir. Nenhum murmúrio ascendia de seu leito, e tão suavemente ele deslizava, que os seixos perolados que amávamos observar, nas profundezas de seu âmago, não se mexiam em absoluto, mas permaneciam em um contentamento imóvel, cada um em seu lugar de antanho, brilhando gloriosos para sempre.

A margem do rio e dos inúmeros riachos deslumbrantes que escorregavam por caminhos tortuosos para dentro de seu canal, assim como os espaços que se estendiam das margens às correntes profundas até alcançar o leito fundo dos seixos —, esses locais, assim como a superfície inteira do vale, do rio às montanhas que o rodeavam, eram todos atapetados por uma grama verde e macia, espessa, baixa, perfeitamente uniforme e perfumada de baunilha, mas tão salpicada em toda parte por botões de ouro amarelos, margaridas brancas, violetas roxas e asfódelos vermelho-rubi, que sua excessiva beleza falava aos nossos corações, em altas vozes, do amor e da glória de Deus.

E, aqui e ali, em pequenos bosques ao redor desse gramado, como sonhos selvagens, erigiam-se árvores fantásticas, cujos troncos altos e esguios não se mantinham eretos, mas curvavam-se com graça em direção à luz que se voltava ao meio-dia para o centro do vale. Suas cascas eram pontilhadas com o esplendor vívido e alternado do ébano e da prata, e eram mais lisas que tudo, exceto as faces de Eleonora; de modo que, se não fosse o verde lustroso das folhas enormes que brotavam de seus cumes em linhas longas e trêmulas, divertindo-se com os Zéfiros, alguém poderia imaginar que elas eram serpentes gigantes da Síria prestando homenagem a seu Soberano, o Sol.

De mãos dadas nesse vale, por quinze anos, passeamos, eu e Eleonora, antes que o Amor penetrasse em nossos corações. Foi numa tarde, ao fim do terceiro lustro de sua vida e do quarto da minha, que nos sentamos, encerrados em abraço mútuo, entre as árvores serpentinas, e baixamos nosso olhar para as águas do Rio do Silêncio e as imagens que ali dentro havia. Não dissemos palavra no restante daquele doce dia; e as que dissemos, mesmo no dia seguinte, foram trêmulas e poucas. Havíamos extraído o deus Eros daquelas ondas, e então sentimos que ele havia incitado, dentro de nós, as almas fogosas de nossos antepassados. As paixões que haviam por séculos distinguido nossa raça vieram jorrando com as fantasias pelas quais eles haviam sido igualmente conhecidos, e juntos respiramos uma felicidade delirante no Vale da Relva Matizada. Uma transformação ocorreu em todas as coisas. Flores estranhas, brilhantes, em forma de estrela, explodiram nas árvores em que flor alguma antes se vira. Os tons do tapete verde ficaram mais profundos; e quando, uma a uma, as margaridas brancas murcharam, brotaram, em seu lugar, às dezenas, os asfódelos vermelho-rubi. E a vida nasceu em nossas trilhas; pois o alto flamingo, até então nunca visto, com todos os alegres pássaros radiantes, ostentou sua plumagem escarlate diante de nós. Os peixes de ouro e prata povoaram o rio, de cujo âmago apareceu, pouco a pouco, um murmúrio que se expandiu, afinal, em uma melodia de acalanto mais divina que a da harpa de Éolo — mais suave que tudo, exceto a voz de Eleonora. E então, também, uma nuvem volumosa, que há muito observávamos nas regiões de Hesper, passou a flutuar, toda esplêndida em carmim e ouro, e, pairando em paz acima de nós, pôs-se a baixar, dia a dia, cada vez mais, até que suas bordas descansaram no topo das montanhas, transformando toda a sua nebulosidade em magnificência e encerrando-nos, como que para sempre, dentro de uma prisão mágica de grandeza e glória.

A graça de Eleonora era a mesma do Serafim; mas ela era uma donzela natural e inocente como a vida breve que vivera entre as flores. Malícia alguma disfarçava o amor fervoroso que lhe animava o coração, e ela examinava comigo seus recessos mais profundos enquanto caminhávamos juntos pelo Vale da Relva Matizada e discorríamos sobre as grandes mudanças que haviam há pouco ali ocorrido.

Por fim, tendo ela falado um dia, em lágrimas, da derradeira e triste mudança que deveria acontecer à Humanidade, daí em diante passou a insistir apenas nesse triste assunto, incorporando-o a toda a nossa conversação, assim como, nas canções do bardo de Schiraz, as mesmas imagens recorrem, muitas e muitas vezes, em cada variação imponente da frase.

    Ela vira que o dedo da Morte assinalara o seu peito — que, como o efemeróptero, fora criada perfeita em encanto apenas para morrer; mas os terrores do túmulo para ela residiam unicamente em uma consideração que revelou a mim, certa tarde ao crepúsculo, às margens do Rio do Silêncio. Afligia-se por pensar que, depois de enterrá-la no Vale da Relva Matizada, eu abandonaria para sempre aqueles felizes recessos, transferindo o amor que agora era tão apaixonadamente dela para alguma moça do mundo exterior e cotidiano. E, ali mesmo, de imediato, precipitei-me aos pés de Eleonora e jurei, diante dela e do Céu, que jamais me uniria em matrimônio a qualquer filha da Terra — que de modo algum seria desleal à sua amada memória, ou à memória da afeição devota com que ela me havia abençoado. E invoquei o Soberano Todo Poderoso do Universo para testemunhar a solenidade devota de minha promessa. E a maldição que invoquei a *Ele* e a ela, santa do Eliseu, caso me revelasse traidor dessa promessa, envolvia uma penalidade cujo horror imenso e excessivo não me permitirá aqui registrar. E os olhos brilhantes de Eleonora tornaram-se ainda mais brilhantes às minhas palavras; e ela suspirou como se lhe houvessem retirado do peito um peso mortal; e tremeu e chorou com muito amargor; mas aceitou a promessa (pois o que era senão uma criança?) e isso lhe tornou mais fácil o leito de morte. E disse a mim, não muitos dias depois, ao morrer tranquilamente, que, em troca do que eu havia oferecido ao conforto de sua alma, cuidaria de mim nesse espírito quando partisse e, se assim lhe fosse permitido, voltaria para mim visivelmente nas vigílias noturnas; mas, se isso estivesse, de fato, além do poder das almas no Paraíso, que pelo menos me daria indicações frequentes de sua presença; suspirando ao meu lado no vento vespertino ou enchendo o ar que eu respirava com o perfume dos turíbulos dos anjos. E, com essas palavras nos lábios, abandonou sua vida inocente, pondo fim à primeira época da minha.

Até o momento, narrei com exatidão. Mas, quando cruzo a barreira, na vereda do Tempo, formada pela morte de minha bem-amada, e procedo à segunda era de minha existência, sinto que uma sombra se forma em meu cérebro e desconfio da perfeita sanidade do registro. Mas continuo. — Os anos se arrastaram pesadamente, e ainda eu morava no Vale da Relva Matizada; mas uma segunda mudança incidira sobre todas as coisas. As flores em forma de estrela murcharam nos caules das árvores e não mais apareceram. Os matizes do tapete verde desbotaram; e, um a um, os asfódelos vermelho-rubi feneceram; e acabaram nascendo, em seu lugar, às dezenas, escuras violetas com o formato de olhos, que se retorciam inquietas e estavam sempre pesadas de orvalho. E a Vida abandonou nossos caminhos: pois o alto flamingo não mais ostentou sua plumagem escarlate diante de nós, mas voou tristemente do vale para dentro das colinas, com todos os alegres pássaros radiantes que haviam chegado em sua companhia. E os peixes de ouro e prata nadaram para longe, atravessando a garganta até os confins de nossas terras, e nunca mais enfeitaram o doce rio. E a melodia de acalanto que fora mais suave que a harpa de vento de Éolo e mais divina que tudo, exceto a voz de Eleonora, extinguiu-se pouco a pouco, em murmúrios que se tornaram cada vez mais baixos, até que a corrente voltou afinal, inteiramente, à solenidade de seu silêncio original. E então, por último, a nuvem volumosa levitou e, abandonando o topo das montanhas para retornar à nebulosidade de outrora, voltou às regiões de Hesper e levou consigo todas as inúmeras glórias de ouro e magnificência do Vale da Relva Matizada.

Todavia, as promessas de Eleonora não foram esquecidas; pois eu ouvia a oscilação sonora do turíbulos dos anjos; e ondas de um perfume sagrado flutuavam sempre em todo o vale; e nas horas solitárias, quando meu coração batia pesado, os ventos que me banhavam a fronte chegavam carregados de suaves suspiros; e indistintos murmúrios enchiam com frequência o ar da noite; e uma vez — oh, mas uma vez apenas! Fui despertado de um sono pesado, como o sono da morte, pela pressão de lábios espirituais sobre os meus lábios.

Mas o vazio em meu coração recusava-se, mesmo assim, a ser preenchido. Eu ansiava pelo amor que antes o preenchera até o transbordamento. Afinal, o vale passou a *doer-me* com suas lembranças de Eleonora, e abandonei-o para sempre pelas vaidades e pelos turbulentos triunfos do mundo.

* * *

Dei por mim em uma cidade estranha, onde todas as coisas podiam ter servido para apagar da lembrança os doces sonhos que eu sonhara por tanto tempo no Vale da Relva Matizada. As pompas e os luxos de uma corte majestosa, e o louco estrondo das armas, e o encanto radiante das mulheres, enfeitiçaram e intoxicaram meu cérebro. Mas, ainda assim, minha alma se mostrara fiel a seus votos, e as indicações da presença de Eleonora ainda me eram fornecidas nas horas silentes da noite. Subitamente, essas manifestações cessaram, e o mundo escureceu diante de meus olhos, e eu fiquei apavorado com os pensamentos abrasantes que me possuíram, com as terríveis tentações que me atormentaram; pois chegou de alguma terra longínqua, muito longínqua e desconhecida, até a alegre corte do rei a quem eu servia, uma donzela a cuja beleza todo o meu coração desertor se entregou de imediato — diante de cujo escabelo eu me inclinei sem uma luta, na mais ardente, na mais abjeta adoração de amor. O que, na verdade, era minha paixão pela jovem do vale em comparação com o ardor e o delírio, e o êxtase enlevado de adoração com o qual eu despejava toda a minha alma em lágrimas aos pés da etérea Ermengarde? Oh, luminoso era o serafim Ermengarde! E, naquele entendimento, não havia lugar para qualquer outro. Oh, divino era o anjo Ermengarde! E, ao baixar os olhos para seus profundos olhos reminiscentes, pensava apenas neles — e *nela*.

Eu me casei — não temi a maldição que havia invocado; e sua agrura não me visitou. E uma vez — nada além de uma única vez no silêncio da noite — chegaram a mim, através de meu postigo, os soluços suaves que me haviam abandonado; e eles se moldaram em uma voz doce e familiar que disse:

"Dorme em paz! Pois o Espírito do Amor reina e governa e, quando levas ao teu apaixonado coração esta que é Ermengarde, estás absolvido, por razões que te serão esclarecidas no Céu, de teus votos para com Eleonora."

O ENCONTRO MARCADO

*Fica por mim nesse lugar! Não hei de faltar
ao vale profundo onde irei te encontrar.*
[Exéquias pela morte da esposa,
por Henry King, Bispo de Chichester]

Malfadado e misterioso homem! — atordoado no esplendor da tua própria imaginação e caído nas chamas da tua própria juventude! Uma vez mais em devaneio eu te contemplo! Uma vez mais tua forma se ergue diante de mim! — não — oh, não como estás — no vale frio e na sombra — mas como *deverias estar* — esbanjando uma vida de magnífica meditação naquela cidade de visões imprecisas, tua própria Veneza — que é um Eliseu do mar amado das estrelas, e onde as amplas janelas daqueles palácios palladianos[1]

---

[1] Referência ao arquiteto italiano Andrea di Pietro della Gondola, vulgo Palladio (1508-80), cujas construções, influenciadas pela arquitetura clássica e concentradas em Veneza, exerceram grande influência em toda a Europa e, posteriormente, nos Estados Unidos.

contemplam, com uma profunda e amarga compreensão, os segredos de suas águas silentes. Sim! Repito — como *deverias estar*. Há certamente outros mundos além deste — outros pensamentos além dos pensamentos da multidão — outras especulações além das especulações do sofista. Quem então questionará tua conduta? quem te condenará por tuas horas visionárias ou denunciará, como desperdício de vida, aquelas ocupações que não foram senão os transbordamentos da tua energia inesgotável?

Foi em Veneza, sob a arcada coberta ali conhecida como a *Ponte di Sospiri*, que encontrei, pela terceira ou quarta vez, a pessoa de quem falo. É com uma lembrança confusa que trago de volta à mente as circunstâncias desse encontro. Porém, eu recordo — ah, como poderia esquecer? — a meia-noite escura, a Ponte dos Suspiros, a beleza da mulher e o Gênio do Romance que montava guarda ao longo do canal estreito.

Era uma noite de rara escuridão. O grande relógio da Piazza havia soado a quinta hora da noite italiana. A praça do Campanário estava silente e deserta, e as luzes do antigo Palácio Ducal extinguiam-se com rapidez. Eu voltava para casa vindo da Piazetta pelo Grand Canal. Mas, quando minha gôndola chegou diante da entrada do canal San Marco, uma voz de mulher, provinda de seus recessos, irrompeu de súbito na noite em um grito delirante, histérico e prolongado. Alarmado pelo som, pus-me de pé de um salto; enquanto o gondoleiro, deixando escorregar seu único remo, perdia-o na escuridão de azeviche sem chance de recuperá-lo e, por consequência, fomos deixados ao sabor da correnteza que aí se forma do canal maior para o menor. Como um imenso condor de penas negras, íamos pairando devagar em direção à Ponte dos Suspiros, quando milhares de tochas acendendo-se nas janelas e nas escadarias do Palácio Ducal transformaram de súbito aquela escuridão profunda em um dia lívido e sobrenatural.

Uma criança, escorregando dos braços da própria mãe, havia caído de uma janela superior do elevado edifício dentro do profundo e sombrio canal. As águas silenciosas haviam-se fechado placidamente sobre sua vítima; e, embora minha própria gôndola fosse a única à vista, muitos nadadores robustos, que já se encontravam dentro da água, procuravam em vão, na superfície, o tesouro que apenas poderia ser encontrado, infelizmente!, dentro do abismo. Sobre as grandes placas de mármore negro na entrada do palácio e a alguns poucos degraus acima da água, encontrava-se uma figura que jamais poderia ser esquecida por quem a visse então. Era a Marquesa Afrodite — a adoração da Veneza inteira — a mais alegre entre as alegres — a mais formosa onde todas eram belas — mas também a jovem esposa do velho e intrigante Mentoni e a mãe daquela linda criança, sua primeira e única, que agora, na profundeza das águas turvas, pensava, com amargura no coração, nas doces carícias maternas e exauria sua pequena vida lutando para chamar-lhe o nome.

Ela estava só. Seus pequeninos pés, descalços e prateados, brilhavam no espelho negro de mármore embaixo. O cabelo, ainda apenas meio desfeito do penteado do baile, aglomerava-se, em meio a uma grinalda de diamantes ao redor de sua cabeça clássica, em cachos como os do jovem Jacinto. Uma túnica alva como a neve e semelhante a uma gaze parecia ser praticamente a única vestimenta a cobrir suas formas delicadas; mas o ar do alto verão e da meia-noite era quente, pesado e parado, e nenhum movimento em sua própria forma escultural fazia agitar sequer as dobras daquele traje de puro vapor que repousava ao seu redor como o pesado mármore repousa ao redor de Niobe. No entanto — estranho dizer! — seus grandes olhos luminosos não estavam voltados para baixo, para aquele túmulo dentro do qual sua mais brilhante esperança jazia sepultada —, mas sim cravados em uma direção completamente diferente! A prisão da Velha República é, creio eu, o edifício mais imponente de toda Veneza — mas como podia aquela dama olhar para ele com tal fixidez quando, embaixo dela, jazia sufocando o próprio filho? Aquele nicho escuro e melancólico também se escancarava bem diante da janela de seu quarto — o que então *podia* haver em suas sombras — em sua arquitetura — em suas cornijas solenes e envoltas em hera — que a Marquesa de Mentoni não houvesse sondado mil vezes antes? Absurdo! — Quem não há de lembrar que, num momento como esse, o olho, como espelho estilhaçado, multiplica a imagem de seu pesar e vê, em inúmeros lugares distantes, a calamidade que está logo ao lado?

Muitos passos acima da Marquesa e dentro do arco do ancoradouro, encontrava-se, em traje de cerimônia, a figura de sátiro do próprio Mentoni. Ocupava-se, volta e meia, em dedilhar um violão e parecia morto de tédio quando, a intervalos, dava ordens para salvarem seu filho.

Estupefato e horrorizado, eu mesmo não tinha forças para mover-me da posição ereta que havia assumido assim que ouvi o grito e devo ter apresentado, aos olhos do agitado grupo, uma aparência espectral e sinistra enquanto, com o rosto pálido e os membros rígidos, flutuava em meio a ele naquela gôndola funérea.

Todos os esforços mostraram-se em vão. Muitos dos mais enérgicos na busca estavam diminuindo seus esforços e entregando-se a um triste desânimo. Parecia haver pouquíssimas esperanças para a criança (quão menos do que para a mãe!); mas eis que então, do interior daquele nicho escuro já mencionado como parte da prisão da Antiga República e que defrontava a rótula da Marquesa, um vulto encoberto por uma capa avançou para dentro da luz e, fazendo rápida pausa na borda da descida vertiginosa, mergulhou de cabeça dentro do canal. Quando, um instante depois, ergueu-se com a criança ainda viva e respirando nos braços sobre as placas de mármore ao lado da Marquesa, seu manto, pesado com a água que o encharcava, desprendeu-se e, caindo em dobras a seus pés, revelou, aos espectadores admirados, a figura elegante de um homem muito jovem, cujo nome ainda ecoava na maior parte da Europa.

Nenhuma palavra disse o salvador. Mas a Marquesa! Ela agora vai receber seu filho — vai apertá-lo junto ao coração — vai agarrar-se ao seu corpinho e sufocá-lo de carícias. Mas não! Os braços de *outrem* o tomaram do estranho — os braços de *outrem* o levaram dali e o carregaram para longe, despercebidamente, para dentro do palácio! E a Marquesa! Seus lábios — seus lindos lábios tremem; lágrimas lhe chegam aos olhos — esses olhos que, como o acanto de Plínio, são "suaves e quase líquidos". Sim! Lágrimas chegam a esses olhos — e vejam! A mulher toda estremece até a alma e a estátua cria vida! A palidez do rosto de mármore, a dilatação do seio de mármore, a pureza imaculada dos pés de mármore, de repente os vemos percorridos por uma onda de rubor incontrolável; e um leve arrepio faz vibrar seu corpo delicado, como uma brisa leve de Nápoles faz vibrar os fartos lírios de prata no gramado.

Por que *deveria* corar aquela dama! Para essa pergunta não há resposta — exceto porque, tendo deixado na pressa e no terror ansiosos de um coração de mãe a privacidade do próprio *boudoir*, descuidara de colocar os pequeninos pés nos chinelos e esquecera inteiramente de cobrir seus ombros venezianos com o xale que lhes é devido. Que outra possível razão poderia haver para aquele rubor? — para o relance daqueles olhos suplicantes e atormentados? — para o tumulto incomum daquele seio palpitante? — para a pressão convulsa daquela mão trêmula? — aquela mão que caiu, quando Mentoni voltou para dentro do palácio, acidentalmente, sobre a mão do estranho. Que razão poderia haver para o tom baixo — o tom excepcionalmente baixo daquelas palavras sem sentido que a dama proferiu com pressa ao dizer-lhe adeus? "Venceste", disse ela, ou os murmúrios da água me enganaram; "tu venceste — uma hora após o nascer do sol — nós nos encontraremos — que assim seja!"

* * *

O tumulto havia cessado, as luzes haviam se apagado dentro do palácio, e o estranho, que eu agora reconhecia, permanecera de pé, sozinho sobre as lajes. Ele tremia com inconcebível agitação, e seu olhar mirava ao redor buscando uma gôndola. Eu não podia deixar de oferecer-lhe o serviço da minha; e ele aceitou a gentileza. Tendo obtido um remo no ancoradouro, seguimos juntos até sua residência, enquanto ele rapidamente recuperava o autocontrole e aludia ao nosso breve convívio anterior em termos de grande cordialidade aparente.

Há alguns assuntos acerca dos quais tenho prazer em ser minucioso. A pessoa do estranho — deixem-me chamar por esse título quem para o mundo todo ainda era um estranho — a pessoa do estranho é um desses assuntos. Em altura, devia estar mais abaixo que acima da média: embora houvesse momentos de intensa paixão quando seu corpo realmente se *expandia* e desmentia tal afirmação. A simetria leve, quase franzina, de sua figura prometia mais daquela pronta atividade que ele havia demonstrado na Ponte dos Suspiros que daquela força hercúlea que costumava utilizar sem esforço em ocasiões de emergência mais perigosa. Com a boca e o queixo de uma divindade — olhos incomparáveis, impetuosos, cheios, líquidos, cujas sombras variavam do puro avelã ao intenso e brilhante azeviche — e uma profusão de cabelos ondulados, negros, dos quais uma testa de largura incomum avançava brilhando em intervalos, toda clara da cor do marfim — feições mais clássicas e regulares que as suas, eu jamais havia visto, exceto, talvez, aquelas de mármore do Imperador Cômodo. Mas seu semblante era, no entanto, daqueles que todo homem já viu em algum momento da vida e nunca mais voltou a ver. Nada tinha de peculiar, não tinha qualquer expressão marcadamente predominante para ser fixada na memória; um semblante visto e instantaneamente esquecido, mas esquecido com um desejo vago e incessante de ser trazido de volta à lembrança. Não que o espírito de cada paixão fugaz fracassasse, a cada instante, em lançar sua própria imagem distinta no espelho daquele rosto — mas acontece que esse espelho, espelho que era, não retinha vestígio algum da paixão depois que a paixão partia.

Quando o deixei na noite de nossa aventura, ele me pediu, de um modo que acreditei urgente, que o visitasse *muito* cedo na manhã seguinte. Logo após o nascer do sol, encontrei-me, portanto, em seu Palazzo, uma daquelas enormes estruturas de pompa melancólica, porém fantástica, que se elevam sobre as águas do Grand Canal nas vizinhanças do Rialto. Fui levado a subir uma larga escadaria de mosaicos em caracol até entrar em um apartamento cujo esplendor inigualável irrompeu pela porta aberta com um verdadeiro fulgor que me deixou cego e atordoado pela suntuosidade.

Eu sabia que meu conhecido era rico. Havia relatos de suas posses em termos que eu até ousara qualificar como ridículo exagero. Mas, ao olhar espantado ao redor, eu não conseguia acreditar que a riqueza de plebeu algum da Europa tivesse sido capaz de prover a magnificência principesca que fulgurava e flamejava ao redor.

Embora, como eu disse, o sol já tivesse nascido, o aposento ainda estava brilhantemente aceso. Julgo, a partir dessa circunstância, assim como de um ar de exaustão na fisionomia de meu amigo, que ele não se havia recolhido ao leito durante toda a noite precedente. Na arquitetura e nos ornamentos do recinto, o propósito evidente havia sido deslumbrar e atordoar. Pouca atenção havia sido prestada às *convenções* daquilo que é tecnicamente chamado *adequação*, ou às congruências da nacionalidade. Os olhos passeavam de objeto em objeto e não se fixavam em nenhum — nem nos *grotesques* dos pintores gregos, nem nas esculturas dos melhores períodos italianos, nem nas imensas estátuas do Egito primitivo. Ricas tapeçarias em todas as partes do cômodo tremiam com a vibração de uma música baixa, melancólica, cuja origem não se podia descobrir. Os sentidos eram oprimidos por perfumes misturados e conflitantes, que exalavam de estranhos turíbulos retorcidos, junto com incontáveis línguas flamejantes e tremulantes de fogo esmeralda e violeta. Os raios do sol recém-nascido jorravam sobre tudo, através das janelas, cada uma formada de uma única peça de vidro carmesim. Cintilando de um lado para outro em milhares de reflexos, partindo das cortinas que fluíam de suas cornijas como cataratas de prata derretida, os raios de luz natural mesclavam-se inteira e irregularmente com a luz artificial e depositavam-se confusamente em massas subjugadas sobre um tapete de tecido espesso e maleável de ouro do Chile.

"Ha! ha! ha! — ha! ha! ha!" — riu o proprietário, fazendo sinal para eu me sentar quando entrei na sala e atirando-se de costas, por inteiro, sobre uma otomana. "Vejo", disse ele, percebendo que eu não conseguia me adaptar de imediato à *bienséance* de uma acolhida tão singular —, "vejo que está surpreso com meu apartamento — com minhas estátuas — meus quadros — minha originalidade de concepção em arquitetura e tapeçaria! absolutamente embriagado, hein, com minha magnificência? Mas perdoe-me, meu caro senhor (e aqui seu tom de voz baixou e atingiu o próprio espírito da cordialidade); perdoe-me por minha risada impiedosa. O senhor parecia tão *inteiramente* surpreso. Além do mais, algumas coisas são tão completamente absurdas que, a um homem, só lhe resta rir ou morrer. Morrer rindo deve ser a mais gloriosa de todas as mortes gloriosas! Sir Thomas More — um homem formidável foi Sir Thomas More — Sir Thomas More morreu rindo, lembre-se. Também nos *Absurdos* de Ravisius Textor, há uma longa lista de personagens que tiveram o mesmo fim magnífico. O senhor sabe, porém," continuou ele, pensativo, "que em Esparta (hoje chamada Palaeochori), em Esparta, como eu dizia, a oeste da cidadela, em meio a um caos de ruínas pouco visíveis, há uma espécie de soclo, sobre o qual ainda estão legíveis as letras ΛΑΞΜ. Elas, sem dúvida, fazem parte de ΓΕΛΑΞΜΑ.[2] Ora, em Esparta, havia milhares de templos e santuários dedicados a milhares de divindades diferentes. Como é extraordinariamente estranho que o altar do Riso tenha sobrevivido a todos os outros! Mas, no caso atual", retomou ele, com uma singular alteração na voz e nos

---

[2] Gelasma — Risada.

gestos, "não tenho o direito de divertir-me à sua custa. O senhor tem toda a razão de ficar estarrecido. A Europa não é capaz de produzir algo tão formidável quanto isto, meu pequeno gabinete real. Meus outros aposentos não são de modo algum da mesma espécie — meros *ultras* de moda insípida. Este é melhor que a moda — não é? Contudo, bastaria que fosse visto para tornar-se a novidade do momento — isto é, entre aqueles que poderiam possuí-lo ao custo de todo o seu patrimônio. Eu me precavi, porém, de tal profanação. Com uma exceção, o senhor é o único ser humano, além de mim e de meu criado, a ser admitido nos mistérios deste recinto imperial desde que ele foi decorado assim como o vê!"

Eu me curvei em reconhecimento — pois a sensação esmagadora de esplendor e perfume e música, juntamente com a excentricidade inesperada de seu discurso e suas maneiras, impediram-me de expressar, com palavras, minha gratidão por aquilo que vim a interpretar como uma cortesia.

"Aqui", prosseguiu ele, erguendo-se e apoiando-se em meu braço enquanto caminhava pelo apartamento, "aqui estão os quadros desde os gregos até Cimabue e desde Cimabue até agora. Muitos foram escolhidos, como o senhor vê, com pouca deferência às opiniões da Virtu. São, no entanto, ornamentos adequados a um cômodo como este. Aqui, também, encontram-se algumas obras-primas dos grandes desconhecidos; e aqui, criações inacabadas de homens celebrados em sua época, cujos nomes verdadeiros a perspicácia das academias relegou ao silêncio e a mim. O que pensa o senhor", perguntou, virando-se de repente enquanto falava —, "o que pensa desta Madonna della Pietà?"

"É do próprio Guido!", exclamei com todo o entusiasmo de minha natureza, pois vinha observando atentamente sua prodigiosa formosura. "É do próprio Guido! — como *conseguiu* obtê-la? ela é com certeza, para a pintura, aquilo que a Vênus é para a escultura."

"Ha!" disse ele pensativo, "a Vênus? — a bela Vênus? — a Vênus de Médici? — aquela da cabeça diminuta e do cabelo dourado? Parte do braço esquerdo [aqui sua voz baixou de modo a ser ouvida com dificuldade] e todo o direito são restaurações, e no coquetismo daquele braço direito reside, creio eu, a quintessência de toda afetação. *A mim*, deem-me o Canova! O Apolo também é uma cópia — não pode haver dúvida quanto a isso — tolo cego que sou, que não consigo apreciar a enaltecida inspiração do Apolo! Não consigo evitar — pobre de mim! — não consigo evitar a preferência pelo Antínoo. Não foi Sócrates quem disse que o escultor encontrava a estátua no bloco de mármore? Então Michelangelo não foi de modo algum original em seu dístico —

'Non ha l'ottimo artista alcun concetto
Che un marmo solo in se non circunscriva.'"[3]

Foi, ou deveria ter sido observado que, nos modos do verdadeiro cavalheiro, sempre percebemos uma diferença de comportamento em relação ao vulgo, sem sermos

---

[3] O melhor artista não tem ideia alguma
Que o mármore em si já não contenha.

imediatamente capazes de determinar, com precisão, em que essa diferença consiste. Admitindo que essa observação se aplicasse ao pé da letra ao comportamento exterior do meu conhecido, eu senti que, naquela manhã atribulada, ela se aplicava com ainda mais força ao seu temperamento moral e ao seu caráter. Nem consigo definir melhor aquela peculiaridade de espírito que parecia colocá-lo tão essencialmente à parte de todos os outros seres humanos, a não ser chamando-a um *hábito* de pensamento intenso e contínuo, que permeava até mesmo suas ações mais triviais — invadindo seus momentos de ócio — e entrelaçando-se com seus próprios lampejos de alegria — como serpentes que saem contorcendo-se dos olhos das máscaras esgazeadas nas cornijas que cercam os templos de Persépolis.

Não podia deixar, contudo, de observar repetidas vezes, no tom misto de leviandade e solenidade com que ele rapidamente discorria sobre questões de pouca importância, certo ar de trepidação — um grau de *unção* nervosa na ação e no discurso — uma excitabilidade inquieta de maneiras que me parecia de todo inexplicável e que, em algumas ocasiões, chegou mesmo a encher-me de alarme. Com frequência, também, fazendo uma pausa no meio de uma frase cujo início havia aparentemente esquecido, ele parecia pôr-se à escuta com a mais profunda atenção, ou como se estivesse na expectativa momentânea de alguma visita, ou como se apreendesse sons que só deviam existir em sua imaginação.

Foi durante um desses devaneios ou pausas de aparente abstração que, ao virar uma página da bela tragédia do poeta e erudito Policiano, *O Orfeu* (a primeira tragédia de origem italiana), que se encontrava perto de mim sobre uma otomana, descobri um trecho sublinhado a lápis. Era um trecho próximo ao fim do terceiro ato — um trecho arrebatadoramente comovente — um trecho que, embora tingido de impureza, homem algum deve ler sem um arrepio de emoção inusitada — mulher alguma, sem um suspiro. A página toda estava manchada com lágrimas recentes; e, na página oposta, encontravam-se os seguintes versos em inglês, escritos em uma caligrafia tão contrária aos traços peculiares de meu conhecido, que tive certa dificuldade de reconhecê-la como sua:

> Foste tudo para mim, amor,
> Por que minha alma ansiava —
> Uma ilha verde no mar, amor,
> Uma fonte e um santuário,
> Ornado de frutas e flores de fadas,
> E todas as flores me eram dadas.
>
> Ah, sonho luzente demais que não durou!
> Ah, Esperança estrelada que se alçou
> Apenas para ser velada!
> Uma voz lá do Futuro brada,
> "Adiante!" — mas acima do Passado
> (Golfo soturno!) meu espírito jaz a pairar,
> Mudo — imóvel — consternado!
>
> Pois ai de mim! Ai! Para mim
> A luz da vida está apagada.

O ENCONTRO MARCADO

Nunca mais — nunca — nunca mais
(É a língua que fala o austero mar
Às areias que há na praia)
Brotará a árvore pelo raio esfacelada,
Nem alçará voo a águia prosternada!

Hoje são todas de transe as minhas horas;
E os meus sonhos noturnos se convergem
Para onde olhos negros observam
E onde teus rastros resplandecem
Em quaisquer bailes etéreos que acontecem
Em quaisquer margens de itálicas correntes.

Ai de mim! Pois o tempo abominoso
Levou-te por sobre as ondas do oceano,
Do Amor à velhice aristocrata
E ao crime de um leito profano! —
Levou-te de mim e de nosso clima brumoso,
onde ainda chora o salgueiro de prata!

Que esses versos estivessem escritos em inglês — uma língua com a qual eu não imaginara que o autor tivesse familiaridade — causou-me pouca estranheza. Eu bem sabia da extensão de seus conhecimentos e do prazer incomparável que ele tinha em mantê-los em segredo para ficar surpreso com semelhante descoberta; mas o local em que haviam sido datados, devo confessar, causou-me grande espanto. O nome original era *Londres* e depois foi cuidadosamente riscado — não, porém, com tanta eficácia a ponto de esconder a palavra de um olhar minucioso. Digo que foi grande o espanto que isso me causou; pois bem me lembro que, em conversa anterior com meu amigo, perguntei especialmente se ele havia em algum momento encontrado, em Londres, a Marquesa de Mentoni (que, alguns anos antes de casar-se, havia residido naquela cidade), quando sua resposta, se não me engano, deu-me a entender que ele nunca havia visitado a metrópole da Grã-Bretanha. Devo mencionar aqui também que mais de uma vez ouvi dizer (sem, é claro, dar crédito a uma história rodeada de tantas improbabilidades) que a pessoa de quem falo era, não apenas por nascimento, mas também por educação, um *inglês*.

* * *

"Há um quadro", disse ele, sem se dar conta de eu haver notado a tragédia — "há ainda um quadro que o senhor não viu." E, afastando uma tapeçaria, revelou um retrato de corpo inteiro da Marquesa Afrodite.

A arte humana não poderia ter feito melhor no delineamento de sua beleza sobre-humana. A mesma figura etérea que esteve diante de mim na noite anterior sobre os degraus do Palácio Ducal estava à minha frente uma vez mais. Mas, na expressão do seu rosto, que se iluminava todo de sorrisos, ainda espreitava (incompreensível anomalia!) aquela nódoa irregular de melancolia que sempre se encontrará inseparável da beleza perfeita. Seu braço direito estava dobrado sobre o peito. Com o esquerdo, ela apontava para um vaso curiosamente modelado. Um pé pequeno, delicado, pouco visível, mal tocava o solo; e, vagamente discernível na brilhante atmosfera que parecia circundar e sacralizar o seu encanto, flutuava um par das asas mais delicadas que se possa imaginar. Meu olhar dirigiu-se do quadro para a figura do meu amigo, e as palavras vigorosas de *Bussy d'Ambois* de Chapman vibraram instintivamente em meus lábios:

"Ele está de pé
Como uma estátua romana! E assim ficará
Até que a Morte em mármore o transforme!"

"Venha," disse ele finalmente, voltando-se para uma mesa de prata maciça ricamente esmaltada, sobre a qual se encontravam alguns cálices fantasticamente entalhados, juntamente com dois grandes vasos etruscos, moldados da mesma maneira extraordinária que o do primeiro plano do retrato e repletos com o que acreditei ser Johannisberger. "Venha," disse abruptamente, "vamos beber! É cedo — mas vamos beber. É *muito* cedo," continuou, pensativo, quando um querubim com um pesado martelo de ouro fez ressoar o apartamento à primeira hora após o alvorecer: "é *muito* cedo — mas o que isso importa? Vamos beber! Vamos fazer uma oferenda ao sol solene que aí está, e que estas candeias e turíbulos presunçosos se mostram tão ansiosos em subjugar!" E, depois de me fazer brindar com ele em uma taça enorme, tragou em rápida sucessão vários cálices do vinho.

"Sonhar," continuou ele, retomando o tom de sua conversa desconexa, enquanto erguia um dos magníficos vasos até a luz viva de um turíbulo — "sonhar tem sido a ocupação de minha vida, por isso montei para mim, como vê, um pavilhão de sonhos. No coração de Veneza, poderia eu ter erguido um melhor? O senhor vê ao seu redor, é verdade, uma miscelânea de adornos arquitetônicos. A castidade de Jônia fica ofendida ante os artefatos antediluvianos, e as esfinges do Egito são estendidas sobre tapetes de ouro. Porém, o efeito só é incongruente para o tímido. As convenções de lugar, e especialmente de tempo, são os espectros que aterrorizam a humanidade na contemplação do magnificente. Eu mesmo já fui convencional; mas essa sublimação da tolice desalentou-me. Tudo isto é agora o que mais se ajusta ao meu propósito. Como estes turíbulos arabescos, meu espírito está se contorcendo no fogo, e o delírio desta cena está me modelando para as visões mais extravagantes daquela terra de sonhos reais para a qual agora estou partindo depressa. Ele aqui fez uma pausa abrupta, inclinou a cabeça sobre o peito e pareceu escutar um som que eu não podia ouvir. Finalmente, erguendo o tronco, olhou para cima e declamou os versos do Bispo de Chichester:

"Espera por mim nesse lugar! Não hei de faltar
ao vale profundo onde irei te encontrar."

No instante seguinte, confessando o poder do vinho, lançou-se por inteiro sobre a otomana.

Passos rápidos agora se ouviam nas escadas, e uma forte batida na porta sucedeu-se rapidamente. Corri para evitar uma segunda perturbação, quando um pajem da casa dos Mentoni irrompeu na sala e balbuciou, com a voz sufocada de emoção, as palavras incoerentes, "Minha senhora! — minha senhora! — Envenenada! — envenenada! Oh, bela — oh, bela Afrodite!"

    Atordoado, corri até a otomana e tentei despertar aquele que dormia para receber a notícia alarmante. Mas seus membros estavam rígidos — seus lábios estavam lívidos — seus olhos, há pouco brilhantes, estavam cravados na *morte*. Recuei cambaleando até a mesa — minha mão pousou sobre um cálice trincado e enegrecido — e a consciência da completa e terrível verdade acendeu-se repentinamente em meu espírito.

POSFÁCIO

DO QUE ESTAMOS FALANDO QUANDO FALAMOS DE AMOR

Nos contos de Poe jamais se encontra amor. Pelo menos, *Ligeia* e *Eleonora* não são, propriamente falando, histórias de amor, sendo outra a ideia principal sobre a qual gira a obra.

Charles Baudelaire

Edgar Poe é um poeta em prosa do amor [...]. Pode vir como uma surpresa a informação de que Poe é um grande poeta do amor. Em sua prosa. Mas assim é.

Daniel Hoffman

Quem ama nunca sabe o que ama; nem sabe por que ama, nem o que é amar.

Fernando Pessoa

Os contos de Edgar Allan Poe constituem, hoje, uma das principais referências no repertório do clichê gótico universal. Mas sempre há que desconfiar desse clichê.

Porque, nesses textos, uma coisa pode facilmente ser outra, inclusive o avesso do que aparenta ser. E sobretudo porque, neles, as coisas costumam apontar para além do que aparentam ser. Falar do amor neles representado é necessariamente falar de morte. De suspense e de terror. De beleza e de poesia. E, quase sempre, de ironia — da qual (ironia da ironia) também há sempre que desconfiar.

Embora o próprio Poe defina o que entende por amor ao afirmar que o homem ama na mulher "simplesmente, sua *feminilidade*"[1] (e faltou-lhe dizer o que a mulher amaria no homem — sua masculinidade?), a questão está longe de equacionar-se assim tão simplesmente: em seus contos, a questão amorosa, além de ser problematizada pelos conceitos de terror, beleza e morte (e seus avessos), por si sós já bastante complexos, fica mais intrincada, pois se mescla a outros, como identidade, consciência, vontade, transcendência, sublimidade etc.

Nessas histórias, sempre contadas em retrospectiva, os narradores-personagens — aparentemente, todos do sexo masculino[2] — configuram mulheres idealizadas ou positivamente hiperbolizadas, que vêm a morrer de modo chocante. Ainda antes da morte, várias delas se põem a evanescer ou entrar em degradação física — às vezes por alguma doença inexplicada ou inexplicável, às vezes por causa do modo como são tratadas pelos homens com

---

[1] *In* "A Casa de Campo de Landor".

[2] Dizemos "aparentemente" porque, em "O Encontro Marcado" e "O Retrato Oval", nenhum elemento textual indica qual é o gênero da voz narrativa.

quem convivem ou se casam.³ Várias voltam do túmulo em situações que os apavoram.

Para alguns, como o Baudelaire da epígrafe, não há amor nesses contos. Ou isso que aí há não é amor.

Para outros, como Cortázar,⁴ há um amor, sim, mas depravado, degenerado. Um amor pelo avesso (*per verso*), que se volta para seu próprio aniquilamento.

Como, então, (o)usar a palavra "amor" no título deste livro?

De que amor estamos falando, já que esta palavra é explicitamente mencionada apenas três vezes nos contos aqui incluídos, duas das quais na negativa?⁵ Além disso, Poe não a utilizou para intitular nenhuma de suas coletâneas; os contos reunidos neste volume foram por ele chamados "grotescos e arabescos".

---

³ Às vezes, os próprios narradores, quando protagonizam a história que contam (isto é, quando são autodiegéticos); outras vezes, homens cujas histórias os narradores relatam ou das quais participam como testemunhas (ou seja, quando os narradores são homodiegéticos): caso, por exemplo, de "O Retrato Oval" e "O Encontro Marcado".

⁴ Diz ele, em "Poe, o Poeta, o Narrador e o Crítico": "Não é que os personagens não amem, pois com frequência o drama nasce da paixão amorosa. Mas esta paixão não é um amor dentro da dimensão erótica comum; pelo contrário, situa-se em planos de angelismo ou satanismo, assume os traços próprios do sádico, do masoquista e do necrófilo, escamoteia todo processo natural, substituindo-o por uma paixão que o herói é o primeiro a não saber como qualificar — quando não cala, como Usher, aterrado pelo peso da culpa e da obsessão." In *Valise de Cronópio*, 2ª ed., São Paulo : Perspectiva, 1993.

⁵ Em "Ligeia", "Morella" e "Berenice". No primeiro, diz o narrador: "esses são os olhos grandes e negros e selvagens — do meu amor perdido [...]." No segundo: "e eu nunca falei em paixão, nem pensei em amor". No terceiro: "eu certamente jamais a amara".

Não nos ocorreria, aqui, categorizar tais textos, embora esta coletânea em si e seu título digam muito do modo como os lemos. Tampouco tentaríamos definir ou rotular o "amor" segundo Poe. Menos ainda cogitaríamos explorar o tema em todas as suas reverberações. O que aqui pretendemos — e a pretensão já é muita — é sondá-lo, investigá-lo, bordear esse complexo como quem bordeia o redemoinho de Maëlstrom, ainda que arriscando ser por ele sorvidos e indagar que energia o mantém ativo até os dias de hoje, atraindo para seu vórtice leitores de todos os níveis culturais e influenciando a produção de grandes escritores.

Vários críticos falam que Poe é "obsessivo" em relação à morte. Há que considerar, antes de tudo, que esse é o tema por excelência da literatura universal (em especial, da literatura romântica na qual Poe está inserido). E que inúmeros outros escritores mesclaram repetidamente o tema da morte ao do amor sem por isso terem sido assim diagnosticados. Se Poe diz que "a morte de uma bela jovem é inquestionavelmente o assunto mais poético do mundo",[6] é o caso de nos perguntarmos em que medida tal escolha se diferencia na estética desse escritor e nas de outros escritores de outros períodos e estéticas literárias, já que há tantas cenas poéticas de mortes femininas na história da literatura (de Ofélia a Diadorim). E sobretudo em que medida essa escolha é mais ou menos obsessiva que outras na arte gótica dos séculos XVIII e XIX, na

---

[6] *In* "A Filosofia da Composição".

qual um tipo específico de amor (o erótico) está ligado à morte e não raro ao sobrenatural.[7]

Entendemos que o tema da morte mesclado ao do amor na obra de Poe há que ser considerado menos como uma obsessão ou mania mórbida e mais como um *leitmotiv* fundante, entoado nas claves do terror e da ironia, como a indagação de um enigma polimorfo que se formula e reformula como tentativa, se não de representar o irrepresentável, pelo menos de atingir a compreensão possível e a possível ampliação da experiência humana. Entendemos ainda que esse enigma se repete, assim como o refrão do corvo, com base em um princípio poético consciente e claramente expresso que visa à unidade, mas faz deslizar seus múltiplos significados, enfatizando, com isso, apenas a vacuidade e a fragmentação.

Nos "contos de amor" de Poe, a nostalgia da unidade e do equilíbrio clássicos evidencia-se em vários elementos temáticos e estilísticos, porém convive com o lacunar,

---

[7] É preciso tomar cuidado ao associar Poe ao gótico sem ressalvas. O crítico inglês Robert Tally Jr. afirma com razão que, por lidar com "o pesadelo do incognoscível", com o excitamento e não a fascinação, por ser inescrutável e não epistemológica, "a obra de Poe opõe-se ao gótico, já que o gótico apresenta o mistério com a finalidade de explicá-lo". [...] "Mas Poe não permite esse conforto. Poe insiste na charada insolúvel, em que o principal investigador não obtém verdadeiro conhecimento, mas reconhece a inefabilidade do conhecimento. O terror de Poe, que não é da Alemanha mas da alma, afunda num medo daquilo que não pode ser lido." Cf. "The Nightmare of the Unknowable, or, Poe's Inscrutability", http://www.roberttally.com/uploads/4/9/4/0/4940675/nightmareunknowable.pdf .

o abjeto e o hediondo, de modo que, neles, o cadáver (aquele que, por etimologia, "cai") é paradoxalmente nivelado ao sublime (o elevado) pela via do terror, do qual o sublime bem pode originar-se ou em que pode resultar. Transitando à vontade entre os domínios do mais idealizado Belo e da mais sórdida necrofilia e fundindo-os ambos no grotesco, Poe ousou como ninguém, em seu tempo e espaço, empurrar a estética — cuja missão é de fato elevar — até o ponto em que ela limita com aquilo que se consideraria antiestético segundo os padrões da época. E não deixa de dizer, como, por exemplo, em "O Encontro Marcado" aqui incluído, no que consiste essa antiestética: uma mistura de estilos aleatória, disparatada e chocante, muito semelhante àquilo que acabará por realizar-se futuramente no Surrealismo como ruptura do decorum (princípio de contenção estilística) própria das vanguardas. Não por acaso, o primeiro título desse conto foi "O Visionário".

Nos "contos de amor" que compõem este volume, homens e mulheres estabelecem relações que implicam namoro, noivado, casamento ou paixão impossível. Casais se unem e se transmutam numa estranha alquimia em que a busca do conhecimento metafísico ("Ligeia" e "Morella"), do erotismo bucólico ("Eleonora"), da beleza ideal na arte ("O Retrato Oval"), da identidade pessoal ("Berenice", "Morella"), da transcendência ("O Encontro Marcado"), conjunta ou paralelamente combinada à busca do amor, resulta na dissolução e na perplexidade traumática.

Nessas relações que eles configuram, as feministas veem misoginia: a apropriação patriarcal de um discurso que representa a mulher cuja beleza é fonte de inspiração para os homens, mas cuja voz é silenciada para favorecer o intento ou a criação deles; a configuração de uma criatura débil que vive à sombra do marido, ou noivo, ou irmão, ou primo, e acaba sendo aniquilada por ele ou por alguma enfermidade estranha que ele acompanha de maneira não muito honrosa.

Aí também parece entrar outra assim chamada "obsessão" de Poe, ou, como entendemos, outro de seus *leitmotive* multiformes: o retorno à vida por metempsicose ou pelo despertar de um ataque cataléptico. E outro grupo de feministas entende esse retorno como a vitória da mulher, a vingança contra o masculino predador, que, atormentado pela culpa ou por pensamentos torturantes, sucumbiria à própria brutalidade.

Tampouco faltam explicações psicanalíticas que associam a "obsessão" de Poe com a morte feminina à sua biografia tumultuada: a orfandade precoce, a perda de todas as mulheres que amou, um complexo de Édipo mal resolvido. Não consideram elas, porém, que o que Poe escreve é Literatura, e que a Literatura, como bem diz Gilles Deleuze, "não é o caso privado de alguém". Não consideram, tampouco, que essa Literatura é delirante e que, quando se delira, "delira-se o mundo, e não sua pequena família":

"Delira-se... O delírio é cósmico... Delira-se sobre o fim do mundo, delira-se sobre as partículas, os elétrons, e não sobre papai-mamãe... é evidente."[8]

Lembremo-nos: quem escreve o "Verme Conquistador" em "Ligeia", também escreve "Eureca" — e ambos os textos constituem, cada um a seu modo e nas devidas proporções, uma cosmogonia (e uma escatologia).

Assim sendo, entendemos que nem a contextualização nos paradigmas góticos da época, nem as explicações ideológicas baseadas na dominação de gênero, nem as (abundantes) interpretações psicanalíticas, nenhuma dessas abordagens dos contos de Poe por si só, por mais válida que seja dentro da lógica argumentativa que a estrutura, dá conta de uma inquietação maior que os percorre e que ultrapassa a monomania (como quer chamá-la o narrador de "Berenice"). Inquietação essa que é também responsável por sua literariedade, pela influência que eles sempre exerceram em grandes escritores (e na própria evolução da psicanálise) e por sua perenidade.

Trata-se da insegurança e da fragilidade do sujeito em constante ameaça de desintegração por forças que ele próprio não sabe bem se vêm de fora ou de dentro; e dos limites de suas escolhas diante dessas forças.

---

[8] Deleuze, Gilles. Abecedário. http://stoa.usp.br/prodsubjeduc/files/262/1015/Abecedario+G.+Deleuze.pdf

As de fora (relativas ao mundo cotidiano e ao universo) são tratadas de maneira subliminar e metafórica nos contos:

- a Casa de Usher fendida ao meio intuindo uma Guerra Civil prestes a estourar;
- os valores nobres herdados de uma Europa medieval desfalecendo na Lady Rowena de "Ligeia" ou evaporando-se na fumaça de "Metzengerstein";
- o racionalismo burguês apegado às convenções e à superfície das coisas condicionando o olhar de narradores-personagens ("O Encontro Marcado", "A Queda da Casa de Usher");
- o cientificismo iluminista abolindo as superstições, mas não as emoções primárias;
- o corpo da mulher decompondo-se e o do homem enclausurando-se, enquanto o corpo do texto torna-se quase inescrutável, em resistência sombria ao espírito das Luzes e à filosofia lockeana para a qual o homem nada mais é que uma consciência clara;
- a postura patriarcal sorvendo, sim, a vida da mulher ("O Retrato Oval" e outros);
- o passado sem tesouros valiosos, o presente de visão turva e doentia, e o futuro esclerosando-se n"O Coração Delator", enquanto os carunchos nas paredes tique-taqueiam a efemeridade e a insegurança do eu, assim como sua maldade inerente (*"evil-eye"* / *"evil I"*);
- o verme conquistador banqueteando-se no palco enquanto os seres metafísicos escondem a face, impotentes, em "Ligeia";

- enfim, a Modernidade rondando o sujeito e ameaçando-lhe a integridade, matando-lhe os deuses, roubando-lhe a alma, isolando-o de seus vizinhos e semelhantes, liquefazendo-lhe os amores.

Dentre as forças de dentro, uma sobressai, fundamental e determinante: para além do medo cósmico, primitivo e ancestral, o medo de si mesmo; daquilo de que esse si mesmo desconhecido de si é capaz. Melhor dizendo: daquilo que os vários si mesmos que no inconsciente se anunciam e se antagonizam são capazes.

E — cria desta, força secundária mas igualmente assustadora, próxima e inevitável: o medo que esse medo engendra. O medo do medo.

Tal força, criação do próprio homem (droga nele fabricada e, por ele mesmo, nele inoculada), ergue-se como portal para "outros mundos além deste": o mundo do devaneio, do sonho, da fantasia e do delírio em que ou o eu se dissolve em loucura, ou se reconhece e se individualiza como gerenciador de si e de suas escolhas.

Quem transcende essa força — quem penetra no redemoinho do Eu e dele retorna, a exemplo do narrador do "Maëlstrom" — é aquele que não sucumbe à própria história e confere, a essa história, uma luz hipnótica; é aquele que convida à visão do sublime, vicária pela enunciação e direta no enunciado. E que paga o preço de sua experiência-limite falando do não-lugar que passa a ocupar — sujeito por excelência, morto-vivo inusitado que não mais tem lugar neste mundo ou em qualquer outro: o Eu que tem lugar apenas no discurso.

E, entre essas duas forças, como fica o amor?

Como ele afeta (ou não) esse sujeito que se busca e que se teme, que se afirma no discurso ou nele se esfacela — esse sujeito que mergulha no conhecimento mais profundo e corajoso que é capaz de ter de si, que afronta o medo e o medo do medo, que transita entre suas sombras e fantasmas e ao mesmo tempo luta para não ter a voz tragada na própria vertigem?

Como esse amor que é o seu afeta (ou não) a parceira — alma gêmea, *anima sua* — que de algum modo se alia a essa busca do outro, de si, do amor ideal e do amor possível?

Se esses contos falam da angústia do sujeito perante o abismo que ele é, neles fazer parte de um casal é oscilar mesmerizado em sua borda. É tentar agarrar-se a um Eu precário e temeroso perante a contraparte do outro sexo, também ela abismo impenetrável, sorvedouro enigmático com sua intrínseca ameaça de fusão simbiótica ou perda aniquilante, enigma correlato espelhando a finitude que é de ambos e uma possível infinitude que simultaneamente tranquiliza e aterroriza.

O amor — quer pela afirmação, quer pela negação — é, em Poe, um terreno amplo, escorregadio e profundo, onde ambas as forças, interna e externa, atuam para formar um único vórtice de atração — e também de repulsão.

* * *

"O Encontro Marcado" (1834), primeiro dos contos aqui reunidos a ser escrito e publicado, abre caminho à leitura dos que seguem e forma, juntamente com o último deles, "Eleonora", a dupla em que o amor tem de fato a primazia temática. Surgido pela primeira vez anonimamente com o título "O Visionário", foi substancialmente revisto e editado até chegar à versão de 1845, adotada para esta tradução.[9]

Nele, assim como em "A Queda da Casa de Usher",[10] o narrador vem a encontrar um ser de exceção — na verdade, dois, um casal: ele, esteta, homem de esplendorosa imaginação; ela, mulher excessivamente bela. E esse encontro o transforma em testemunha de uma trágica história de amor impossível (ou não). Talvez em algo mais. Pois vejamos.

O título final em inglês, *"The Assignation"*, refere-se a um encontro marcado principalmente entre namorados. E, de fato, toda a ação converge para esse acontecimento culminante, é ele "a coisa intensa que ocorre"; porém, outros encontros importantes acontecem, outros ainda são aludidos, outras situações são insinuadas.

O conto constitui, ele todo, uma alusão a episódios amorosos na vida do poeta Lorde Byron, ícone do Romantismo, assim como à amizade entre ele e o escritor irlandês Thomas Moore, cujo nome traz à cena outro importante Thomas More, num jogo de referências em que

---

[9] *The Complete Tales of Edgar Allan Poe*, New York : The Modern Library, 1938.

[10] No primeiro volume desta coleção.

humor e terror se desconstroem. Ele todo é um desafio estético que contrapõe e ao mesmo tempo funde visões pouco convencionais do que são a beleza e o amor.

E, aqui, ver a situação de fora ou de dentro faz toda a diferença para o eu narrador que se envolve na situação, num primeiro momento "por acaso" e, posteriormente, por compromisso — por, ele também, marcar um encontro.

Alguns sugerem que essa história seja lida como uma paródia, uma comédia, uma farsa.[11] O que é típico em Poe. Mas há algo mais aí. Algo sério, carregado de *pathos* e altamente simbólico. Algo que intriga e desloca.

O texto se abre com uma invocação (apóstrofe) que é ao mesmo tempo uma evocação, um lamento e uma louvação por parte de um narrador-testemunha inominado.

Ele extrai do "vale frio e [da] sombra" a lembrança do "malfadado e misterioso" personagem que uma vez (*in illo tempore*) encontrou na onírica Veneza, *locus amoenus* por excelência dos casais apaixonados. E essa lembrança o faz enunciar o seguinte aforismo: "Há certamente outros mundos além deste — outros pensamentos além dos pensamentos da multidão — outras especulações além das especulações do sofista."

Do que exatamente fala ele? perguntamo-nos após ler o conto. De um mundo além da morte, onde o Amor se realize? De um mundo platônico, onde o Bom, o Belo e o

---

[11] Richard P. Benton, "Is Poe's 'The Assignation' a Hoax?", Nineteenth Century Fiction 18, Sept. 1963: 194-197. Esse artigo pode ser encontrado no site www.jstor.org

Verdadeiro brilhem além das imagens a respeito das quais especula o sofista — aquele que não conhece o que diz saber, aquele que se volta para o fundo da caverna numa prática mimética? E quem é esse que especula sobre o que não conhece e mimetiza esse conhecimento que não tem? O narrador? O narrador antes de passar pela experiência do "espírito", que é a história do conto? O leitor com ele identificado, que não percebe a farsa por trás da história de amor? Ou, ao contrário, o que não percebe a rede simbólica e a fala séria por trás do chiste?

Implicado ou não com esse sofista especulador, o eu que fala retrospectivamente no início do conto e ao qual nos colaremos nas gôndolas e nos encontros, na apreciação dos ambientes e no terror epifânico, certamente já não é o mesmo que inicia a ação navegando despreocupado a caminho de casa pelo mais idílico dos locais, quando um grito "delirante, histérico e prolongado" de mulher determina a perda do remo e a mudança do rumo.

Nesse primeiro momento, emergindo da "noite de rara escuridão" em que tudo tem aparência caótica e indiferenciada, o eu-narrador-personagem se ilumina no encontro (inesperado, este) com a marquesa Afrodite: um feminino com ressonâncias míticas e arquetípicas, ideal de beleza e de maternidade aflita; feminino que provém do instituído (o palácio ducal) e a ele é vinculado (o marido marquês).

Frente a frente em imobilidade estatuária, o eu narrador e a mulher luminosa que rompe das sombras não interagem: ele, sem "forças para mover-[se] da posição ereta que havia assumido assim que ouvi[u] o grito"; ela, réplica viva da deusa grega petrificada.

Essa estátua que se expõe aos olhos fotográficos do narrador somente cria vida e se humaniza quando à cena se incorporam, heroicamente, emoções salvadoras surgidas da sombra: o estranho encapuzado que lhe resgata a criança em asfixia das águas profundas do canal onde caíra — o visionário, jamais assim chamado na versão definitiva do conto.

Um segundo momento de iluminação ocorre quando o eu narrador reconhece o salvador estranho como alguém com quem já tivera um "breve convívio anterior" e lhe oferece transporte de volta a casa. É quando esse estranho também familiar (o *unheimlich* que Freud virá a conceituar) convida-o a visitá-lo — nas primeiras horas do amanhecer do dia seguinte.

Seria esse encontro marcado entre os dois — o narrador e o estranho, agora mais íntimo — menos importante que o encontro dos amantes? Seria ele menos digno de intitular o conto?

O terceiro momento é quando, ao chegar à casa do visionário, o eu narrador sobe (ou ascende?) "uma larga escadaria de mosaicos em caracol" e paradoxalmente adentra um mundo recluso (não por acaso uma antiga prisão) repleto de sensualidade e de um tipo de arte que subverte as convenções do gosto. É aí que ele se dá conta de ter havido um vínculo prévio, íntimo e fecundo entre o herói-salvador-esteta-visionário-*unheimlich* e a bela Afrodite, interditado por um desvio formal, o casamento desta com o marquês de Mentoni.

E o último momento de iluminação, esse de sublime revelação (no sentido aristotélico da palavra, de contemplação de uma situação dolorosa), é aquele em que o narrador testemunha a união para além das "convenções de lugar e, especialmente de tempo, [...] os espectros que aterrorizam a humanidade na contemplação do magnificente"; momento de chocante assombro trágico em que ele percebe o casal mergulhar no não-tempo caudaloso de *Aion* (o tempo do acontecimento, capaz de integrar o eterno feminino e o criativo relegado à sombra) para nele tornar a produzir a criança numinosa que é de ambos, símbolo fugaz do eu singularizado, indivisível — indivíduo.

Que essa singularização requer do narrador (e do leitor que o acompanha) um deslocamento, uma mudança de perspectiva ética e estética, e que ela só ocorre mediante a morte da rigidez racional pode ser uma "terrível verdade". Porém ela leva ao contato com o "espírito" ou a "alma" (no original, *soul*). Ela faz ver o que há no interior com mais clareza. Faz ver que não há como assimilar o feminino sem considerar a morte; que não há como ser visionário em arte sem posicionar-se contra a *doxa* (opinião comum); que não há como transcender os limites do eu sem enfrentar o encontro com o misterioso, o estranho e o não aceito.

Assim, o encontro amoroso além da vida entre dois seres modelares ou arquetípicos implica o encontro residual do eu (narrador/leitor) consigo mesmo — um encontro em que esse eu se vê aterrorizado, mas com um conhecimento ampliado do amor, da morte, da beleza e, sobretudo, de si.

Aquele que, no início da história, mal observa e se observa em meio a um caos indiferenciado em que a "escuridão de azeviche" se mistura às "águas silentes", aquele que está "ao sabor da correnteza" "como um condor de penas negras", termina o conto como uma consciência que se acende e, na epifania, compreende.

Uma consciência que, selando o texto circularmente em mito, volta a contemplar, "com uma compreensão profunda e amarga, os segredos das [...] águas silentes", de modo a delas reerguer o visionário (como este havia erguido a criança) e levá-lo aonde ele *deveria estar*: "esbanjando uma vida de magnífica meditação" no discurso que o institui.

Aí o encontramos nós a cada leitura. Aí ele reencontra eternamente sua Afrodite e para ela recupera eternamente a criança perdida. E aí, no ambiente estético da palavra feita arquitetura, escultura, pintura, poema e em tudo isso poesia, a consciência se amplia e se aprofunda *ad infinitum* como testemunha da integração, no amor, das forças complexas que o constituem. Quantas vezes for marcado o encontro com a leitura, tantas vezes o amor morrerá e voltará a nascer no visionarismo literário.

* * *

Se "O Encontro Marcado" promove a união dos amantes em outros mundos além deste, "O Retrato Oval" (1842) os separa no aqui e agora que é o deles.

O conto é escrito em abismo — uma história dentro da outra. A história emoldurante é a de um narrador mais uma vez personagem, mais uma vez inominado, em mais uma viagem noturna dentro de uma região recôndita em um tempo que não se mede.

Ferido na jornada e alojado em um castelo desconhecido, em estado de "delírio incipiente" e "estupor onírico", ele de súbito vê-se atraído pelo efeito insólito de um quadro que retrata uma jovem.

O quadro funciona como um abismo que lhe traga o olhar e o absorve todo: "de início surpreendente, afinal confundiu-me, subjugou-me e estarreceu-me".

Esse estarrecimento ocorre não porque a jovem é bela, mas porque sua representação detém um "ar" (na definição de Roland Barthes, "a sombra luminosa que acompanha o corpo"[12]) que o narrador não consegue explicar, mesmo após passar uma hora observando os detalhes técnicos da pintura;[13] uma vitalidade que indica seu contrário: "a figuração da face imóvel e pintada sob a qual vemos os mortos".[14]

Enfim, por um artifício funcional da narrativa (o acesso a um livro que "descrevia as pinturas e suas histórias"),

---

[12] Barthes, Roland. *A Câmara Clara*, nota sobre a fotografia, trad. Júlio Castañon Guimarães, Rio de Janeiro: Nova Fronteira, 1984. p. 54

[13] Ou *studium*, o contexto cultural, técnico da fotografia em contraste com o de *punctum*, aquilo que afeta emocionalmente o espectador, aquilo que punge, desloca, e que varia de indivíduo para indivíduo. É exatamente esse *punctum* o que causa tanto impacto no narrador de "O Retrato Oval". *Ibidem.*

[14] *Ibidem.*

o narrador tem acesso à história do retrato, que é a da jovem — uma trágica história de amor. E ele a transcreve diretamente do tal livro (*verbatim*), emoldurando-a pela primeira, de sua lavra.

O que ela vai narrar é um triângulo amoroso em que a jovem retratada, apaixonada e submissa, cede ao desejo do marido de pintar-lhe o retrato; mas o desejo do amado está todo voltado para sua rival, a Arte, personificada e absolutizada em maiúscula, enquanto a jovem é objetificada e sujeitada. Ela morre posando, sem que, absorvido, o pintor perceba seu definhamento.

Também esse conto conheceu outro título antes de ser revisto pelo autor. Chamava-se "*Life in Death*" (Vida na Morte), enfatizando o paradoxo do fascínio exercido pelo retrato no narrador: o fato de que seu "efeito de vida" reside exatamente na ausência dela — questão fulcral da representação na arte, na medida em que o signo indica a ausência do seu referente; questão fulcral também da projeção amorosa, na medida em que certo tipo de olhar que se dedica ao ser amado é capaz de matar o amor.

Vários críticos falam desse conto como o avesso do mito de Pigmalião, que esculpiu a mulher ideal e acabou apaixonando-se por ela. A deusa Afrodite, apiedada, transformou-a em ser de carne e osso para que ambos pudessem casar-se. De fato, dá-se aqui o inverso: ao invés de transformar-se uma obra de arte em mulher, sacrifica-se uma mulher pela arte, ou melhor pela Arte — que, assim absolutizada pela maiúscula, parece remeter a uma perspectiva platônica do que seja a representação do Ideal.

Retomando Platão muito esquematicamente, compreendemos o porquê dessa leitura: a arte é uma tentativa de representar o mundo físico, já ele uma cópia imperfeita do mundo transcendente das Ideias. É, portanto, uma representação de segundo grau (e, quando busca representar um artefato, de terceiro grau). Assim sendo, um pintor pode apenas apreender as características externas do que representa e não sua verdadeira natureza, porque a verdadeira realidade, para Platão, está além do representado.

Portanto, uma leitura que considere a ressonância da visão platônica neste conto entende que o pintor está um grau abaixo de Pigmalião na escala ontológica, dado que seu único acesso à mulher é (por escolha dele) mediado pela arte. O narrador, por sua vez, encontra-se dois graus abaixo, pois passa pela mediação da arte *in absentia* do referente (apreendido apenas por meio da pintura e da leitura da história do retrato). E nós, leitores, encontramo-nos ainda abaixo do narrador, pois nossa apreensão passa pela leitura de uma mulher de palavras (e tintas) que foi por ele lida (e vista) depois de ter sido escrita no livro dentro do livro, após ter sido pintada pelo marido que a olhou sem a ter visto. Simulacro do simulacro do simulacro do simulacro... sugestão da presença e evocação da ausência; abstração (de etimologia *ab-stractio*, de *ab-strahere*, "puxar para fora"): isolamento cada vez maior da ideia em relação ao objeto/ser empírico.

Sim, por mais viva que pareça a imagem da moça retratada, por mais semelhante que seja ao referente que a inspirou, ela é antes de mais nada uma abstração — uma ideia extraída da realidade circundante. Poe não espera Matisse dizer que esta «não é uma mulher, é um quadro"; ele já o diz em "O Retrato Oval". Diz essa mulher e o quadro que a representa, produzindo ele mesmo um quadro de palavras.

Assim sendo, tanto quanto o amor e a morte, o que está em jogo aqui é a questão da representação na arte e nas relações humanas.

Voltemos, então, à pergunta formulada em nosso título: do que estamos falando quando falamos de amor?

A história do retrato diz que, para a opinião comum (a *doxa*), o amor está no bem retratar (ou bem representar):

> "os que viam o retrato mencionavam **sua semelhança** em voz baixa, **como** uma maravilha sem par e **uma prova**, não tanto da arte do pintor, mas **de seu profundo amor por ela** [a jovem], a quem retratava tão extraordinariamente bem" [grifos nossos].

Ou seja, para a *doxa*, o pintor era capaz de apreender a jovem e torná-la "semelhante a si mesma". E é disso que aqui se fala quando se fala de amor.

Mas, por trás dessa opinião comum, o texto parece subliminarmente indagar-nos: será que o pintor "vê", de fato, a esposa?

Como é a representação fidedigna do outro para si, principalmente quando se trata de amor? Como é o olhar que não mata o outro na expectativa de que ele se amolde a satisfações idiossincráticas? Como ver o outro e não a imagem que se faz dele? Como ver o outro sem fazê-lo simulacro dele mesmo — ou de si?

Outra indagação concebível: será que os narradores — o da história emoldurada e o da história emoldurante — são mais capazes de "ver" essa mulher que ama e que compete com a Arte até a morte pelo amor do marido?

Para dar uma resposta mais contemporânea a essa questão, procuremos, em primeiro lugar, desconstruir um pouco o conceito de "submissão" que está, no texto, atrelado a essa personagem feminina e que, como tantas coisas em Poe, pede desconfiança.

Se o marido ama a Arte e a esposa tem por objetivo atingir a rival, então ela consegue esse objetivo quando se deixa transformar em Arte para representar o desejo dele; quando se deixa abstrair na mulher que ele idealiza e lhe permite uma satisfação (ainda que parcial) desse desejo, com tudo o que essa estratégia implica de sado-masoquismo.

Desse ponto de vista, o amor que é possível prevalece no conto: ela dá o que quer (posa para ele) porque assim quer (nada no texto indica que seja forçada a fazê-lo); dá o que é capaz de dar (a vida) e obtém dele o que ele é capaz de dar, do modo como é capaz de dá-lo (ainda que "dar", aqui, signifique abstrair, subtrair ou vampirizá-la).

A jovem paga, por seu amor, um preço voluntário e leva o marido a pagar, por sua vez, o preço que lhe cabe nesse intercâmbio — preço do qual ele somente terá consciência depois que ela, "Penia ativa e desejante"[15]

---

[15] Segundo Platão, n'*O Banquete*, o Amor é filho de Poros (a Astúcia e a Riqueza) e de Penia (a Pobreza ou Miséria). Assim ele explica o mito: quando nasceu Afrodite, os deuses ofereceram um banquete ao qual

(e, em nossa leitura, não submissa, nem impotente), já o tiver conduzido ao fato irreversível que ambos consumam em comum escolha: a morte dela como a mulher que ele não percebe — único modo como ele é capaz de enxergá-la e ser por ela afetado, ter uma emoção por ela despertada. Amor? Não sei de que amor estamos falando aqui; mas, a ela, parece bastar-lhe.

Uma pergunta, ainda: será que a crítica feminista veria tal possibilidade de leitura n"O Retrato Oval"?

Essa complexa questão da representação do outro para si que já é considerada por Platão e instala-se em Poe (e que, como vemos, desdobra-se em tantas outras) se recontextualiza e se aprofunda em nossa pós-modernidade — que o escritor tão bem pressentiu: mais atual que nunca, o conto ecoa em nosso século com sua modalidade de amor-simulacro na qual não há lugar para os conceitos de verdade, autenticidade e referência.

A jovem, caso considerada como ser de carne e osso para um pintor de carne e osso, ainda assim é mera ausência, mero fantasma que dá lugar ao signo — imagem mental de uma mulher real que lhe escapa. Literalmente, a referência perdida da qual só resta mesmo a imagem de superfície que predomina e estarrece. Ela fica

---

compareceu Poros. Após embriagar-se, ele saiu para o jardim e adormeceu. Penia, que se havia colocado do lado de fora para mendigar as sobras da mesa, viu-o dormindo, desejou ter um filho com ele, deitou-se a seu lado e concebeu Eros. Assim, o Amor é, nas palavras de Walter Cezar Addeo, o resultado da relação entre "um masculino passivo, desejável, e de um feminino ativo, desejante" (https://pt.scribd.com/doc/55823132/O-Amor-na-Teoria-de-Jacques-Lacan).

fulgurando, qual cartaz de néon anunciando a "mulher que não existe"[16] diante de um estarrecido companheiro que não entende o que deixou de ver.

O que diz do amor esse conto nos dias de hoje?

Diria ele que seriam todos os amantes "fingidores para si mesmos", além de um para o outro e, é óbvio, para todos os outros, assim como o são os artistas — no sentido de que tanto o amor como a arte fundam-se ambos em conteúdos da imaginação e inscrevem-se num âmbito social com uma linguagem por ele fornecida para tentar lidar com a realidade e o real?

Que — supremo paradoxo — seria a ficção (em sua etimologia, "fingimento") o único reduto de verdade(s) em nosso mundo de simulacros?

Em assim sendo, o que seria a ficção do amor?

E o que seria a história ficcional dessa ficção que chamamos "amor" expressa de forma artística (ou seja, a ficção da ficção, o fingimento do fingimento)? Mentira ou verdade?

Encerrada na moldura oval, que, como diz Lúcia Santaella, não é oval por acaso, mas indica "o princípio da vida",[17] a imagem da jovem encara os que buscam vê-la/lê-la como depositária ou instigadora de todas essas questões, a um tempo éticas e estéticas.

---

[16] Aforismo provocativo de Jacques Lacan proferido no Seminário "Mais Ainda", 1982.

[17] "O Duplo à Luz do Signo", posfácio a *Contos de Edgar Allan Poe*, trad. José Paulo Paes, 2. ed., São Paulo : Cultrix, 1985.

Revenante[18] como imagem pictórica, ela seduz o narrador que, em outro tempo e ao contrário do pintor, dá-lhe vida em outra modalidade de arte — na palavra literária.

E é nessa qualidade que ela permanece indagando, do leitor deste século: como você vê sua amada/seu amado? Como tenta fazê-la(o) existir em suas representações da falta? Que suportes simbólicos cria para construir sua versão de feminilidade/masculinidade?

Sedutora, sim, a danada. No sentido etimológico da palavra, de desviar do caminho e atrair para outro lugar (*sed* = separar, afastar + *ducere* = guiar, atrair). O narrador se desvia de sua viagem para afinal encontrá-la. Desvia-se do sono para admirá-la e ler sua história. E o leitor, por sua vez, desvia-se da historinha de terror da superfície para questionar a si próprio, tal como o Édipo diante da esfinge,[19] e assim penetrar no abismo das molduras, do amor, da morte e dos fundamentos de seus atos — do que enxerga e do que não enxerga.

E, se seduzir o outro é "separá-lo de sua verdade para privá-lo da autonomia",[20] neste conto (como no caso de Édipo), a sedução ou desvio da esfinge age em contrário, irônica ou perversamente (pelo avesso): não para afastar o leitor, e sim para aproximá-lo de si e de sua(s) verdade(s). Como dissemos anteriormente, uma coisa pode ser outra coisa em Poe; ou até mesmo o avesso do que aparenta ser.

---

[18] Aquela que volta do túmulo ou do além.
[19] Desvio esse que lhe será sugerido explicitamente em "Eleonora".
[20] Cf. Baudrillard, Jean. *Da Sedução*. Campinas: Papirus, 2004.

* * *

Nos contos remanescentes deste volume, outras mulheres enigmáticas voltam da morte de outras maneiras. *Revenantes* por excelência, foram recebidas ao longo do tempo com certo escândalo, a ponto de fazer a pouco honrosa fama de Poe como o escritor mórbido que desfruta o gozo da *petite mort* ao conceber avatares literários da própria mãe para reencenar seu complexo de Édipo mal resolvido.

Deixando aqui de lado as questões pessoais e íntimas do defunto autor para concentrar-nos em suas personagens defuntas, vejamos como elas nos são apresentadas.

Berenice e Morella são irmãs gêmeas. Os contos que levam seus nomes foram publicados pela primeira vez em 1835 e ambos passaram por substanciais revisões, como costumava acontecer com Poe. A elas, juntaram-se outras importantes personagens femininas, posteriormente: Ligeia em 1838, Madeline Usher em 1839 (que não dá seu nome ao conto, mas é, dentre elas, uma das mais conhecidas) e Eleonora em 1841 (cuja última versão é de 1843).

Essas mulheres inquietas constituem enigmas inquietantes para seus companheiros, os narradores que não se nomeiam (exceto Egeu em Berenice, referência polissêmica[21]) e que, diante delas, sentem estar em xeque

---

[21] Egeu, na mitologia grega, pai de Teseu, suicida-se ao pensar erroneamente que seu filho havia morrido ao tentar eliminar o Minotauro. A alusão aqui é clara. O Egeu de "Berenice" tampouco sabe ler os sinais

a razão, o conhecimento e a identidade: aquilo mesmo que nelas buscam.[22]

Todas ideais, tanto escapam à apreensão (apesar de exaustivamente descritas) que chegam ao limite do discurso e se revertem em seu antípoda — o indizível: aquele ponto em que predomina apenas o real (a morte, o resíduo), "realidade desejante inacessível a todo pensamento subjetivo"[23] e excluída de toda simbolização. Indizível para o qual o sujeito que narra volta a buscar incessante e inutilmente outros corpos simbólicos que, por sua vez, continuam oferecendo resistência à apreensão, assim como o corpo do texto, em sua sofisticada articulação retórica, oferece resistência a uma leitura desatenta.

Nessas mulheres, o homem procura, mais que qualquer outra coisa, saber mais. Em Ligeia e Morella, mestras e tutoras, o conhecimento enciclopédico e o esotérico; em Berenice, a ideia e a identidade em si; e, em Eleonora, os mistérios da natureza (dentre eles — o que está implícito no texto –, os do erotismo).

---

de que a prima ainda vivia, ao violar seu túmulo. Também encontramos Egeu em *Sonho de Uma Noite de Verão*, de Shakespeare, como uma personagem que erra: pai de Hermia, é um homem incapaz de compreender o amor, e sua deficiência de espírito quase desencadeia uma tragédia.

[22] O narrador de "Eleonora", em versões anteriores, denominava-se Pyrros, palavra cuja origem remete a "fogo" e "ardente", deixando clara a natureza erótica da personagem. Essa escolha também alude a um antigo filósofo, Pirro de Ellis, que não acreditava nas certezas. Posteriormente, Poe achou por bem deixar seu narrador-personagem inominado.

[23] Definição de Real segundo Lacan. V. Roudinesco, E. e Plon, M. *Dicionário de Psicanálise*. Rio de Janeiro: Jorge Zahar, 1998, p. 645.

Ligeia, "figura daquela que não mais existe", tem seu nome associado à palavra "ideia" por assonância.[24] De origem desconhecida (ou esquecida), ela é mais voz e olhos que qualquer outra coisa. Morella é sobretudo voz e mão fria. Ambas aludem, cada uma de um modo, a sereias atraentes, cujos cantos seduzem seus companheiros na direção de conhecimentos proibidos. No narrador de "Ligeia", essa atração acaba gerando um apego desmesurado; no de "Morella", repulsa.

À morte de cada uma, surge-lhe um duplo para incorporar de volta a emoção não resolvida — substituição compensatória que catalisa a repulsa ou a atração (o que resulta no mesmo quanto ao investimento passional).

O duplo da morena, alta e exótica Ligeia é a delicada e loira Rowena, seu oposto em tudo.[25] Detestada pelo narrador-personagem, tem por função morrer para dar corpo a Ligeia — literalmente, dar seu corpo para que nele seja incorporada a ideia de amor do narrador.

---

[24] Assonância essa que fica mais evidente nas rimas do poema "Al Aaraf": "Ligeia! Ligeia!/My beautiful one!/Whose harshest idea/Will to melody run ..." — [Ligeia! Ligeia! Minha bela/ Cuja mais rude ideia/ à música flui...]. Foi para mantê-la que optamos por não traduzir o nome da personagem como "Lígia", solução óbvia à primeira vista.

[25] Certamente, uma alusão à personagem do romance *Ivanhoé*, de Walter Scott, publicado em 1820, no qual a loira e nobre Rowena é a mulher adequada para casar-se com o herói. Ao saber que a morena e estrangeira Rebeca também é apaixonada por Ivanhoé, ela discretamente protege os sentimentos da rival e é compassiva em relação a Rebeca quando as duas se encontram no final da história.

Quanto à filha de Morella, a quem o narrador ama como não foi capaz de amar a mãe, tem o corpo e a vida entregues à vingança do feminino rejeitado.

Berenice, por sua vez, torna-se toda dentes — irresistíveis na medida em que, incorruptivelmente puros no contexto de uma estranha doença que lhe abate todo o corpo, associam-se, como fetiches, a ideias em si, na mente monomaníaca do narrador.

"*Ses dents étaient des idées*" — seus dentes eram ideias. A frase não está em língua francesa por mero preciosismo, mas porque, nessa língua, a aproximação das palavras "dentes» e "ideias» estabelece uma homologia que acena para um objeto de desejo: a identidade (*dents-idées* — *[i] dents-itê*), o "ser idem" (a si mesmo/ ao outro); e porque, nessa língua, a aliteração das oclusivas [d] [t] ratifica essa fetichização.

Os dentes são o que resta de um cadáver e o que o identifica após sua desintegração; assim como a íris e as impressões digitais, eles são únicos em cada ser humano. Apropriar-se dos dentes alheios é, portanto, apropriar-se do que o outro tem de mais particular, de sua identidade pessoal, para ser como ele ou para ser como se é no contato com ele.

Na semiconsciência, Egeu consegue essa apropriação, violando o túmulo da prima dada como morta e arrancando-lhe os dentes. Mas, quando volta a si, tem um choque de real: vê a pessoa tornada coisa; pior que isso, tornada resto: "trinta e duas substâncias pequenas, brancas e com aparência de marfim". Fragmentos que, ao dispersar-se, impedem-no de enfocar sua atenção hiperconcentrada. Fragmentos que refletem a dispersão que é dele próprio e contra a qual, provavelmente, sua doença da atenção desmesurada vinha se opondo em resistência. Mais que terror, puro horror: arrepio. Vertigem, queda livre no abismo.

Louco, isso? Sem dúvida. Mas, menos amor por ser louco? Quem o dirá? Não seria talvez isso o amor — a busca louca de um absoluto (aqui, a Ideia) num "indivíduo" incapaz de apreender-se de todo (portanto, paradoxalmente, não indiviso — não indivíduo) e que só existe numa realidade imaginada e simbolizada (ou, por que não, fetichizada)?

Em determinado momento do conto, Egeu diz: "eu certamente jamais a amara. Na estranha anomalia de minha existência, os sentimentos, para mim, *jamais haviam sido* do coração, e minhas paixões *sempre* eram da mente" [grifos do autor].

Mas a questão é: há a possibilidade de esses afetos — amor e paixão — não passarem pela mente?

Porque é ao passar por ela, ao entrar no imaginário e no simbólico, que o amor (e/ou a paixão) arrisca inscrever-se como obsessão, loucura, perversão e paradoxo — todos esses caminhos que o desejo percorre na busca de seu objeto para jamais satisfazer-se.

Se o amor humano existe — se ele é, entre outras possíveis definições, uma história que imaginamos e simbolizamos para nós mesmos a fim de dar conta de um real que é pura falta ou puro horror, ele também passa pelo caminho do apaziguamento.

Que é alcançado em *Eleonora*, o mais poético dos "contos de amor e morte", história de conciliação e remissão. Nele, o amor assume várias facetas: a *storge*,[26] a idílica, a erótica, a transcendental. Este é o único dos textos aqui reunidos em que o narrador não vive encerrado num mundo claustrofóbico; o único em que ocorre uma intimidade sem conflitos e uma relação carnal sem oposições, capaz de causar uma transformação positiva no ambiente:

"Havíamos extraído o deus Eros daquelas ondas, e então sentimos que ele havia incitado, dentro de nós, as almas fogosas de nossos antepassados. As paixões que haviam por séculos distinguido nossa raça vieram jorrando com as fantasias pelas quais eles haviam sido igualmente conhecidos, e juntos respiramos uma felicidade delirante no Vale da Relva Matizada."

Além disso, é este conto que rompe o padrão da substituta-simulacro como motivo de horror em relação à primeira mulher e em que o final terrificante dá lugar ao perdão e à validação.

---

[26] Esse tipo de amor é, segundo John Alan Lee, aquele que se desenvolve lentamente entre irmãos ou amigos. Costuma também ocorrer nas sociedades agrárias, onde as pessoas crescem entre semelhantes, gerando afeições e compromissos. É mais difícil de ser cultivado na cidade moderna, onde as pessoas comuns mudam de casa e de emprego com mais frequência. (Cf. "Love-Styles" *in* Robert Sternberg e Michael Barnes (org.), *The Psychology of Love*, New Haven and London: Yale University Press, 1988).

Se Eleonora acaba reencarnando como o duplo Ermengarde, se mantém a identidade além-túmulo ou se essa identidade se dilui na natureza com a qual ela sempre se identificou, isso não importa para a trama. O que importa é que, à diferença do narrador de "Morella", que vê a segunda mulher sucumbir à primeira e deixá-lo no vazio do mundo sem uma e sem a outra, este narrador fica com ambas as mulheres: uma encarnada e outra na memória, tornada benigno fantasma.

Mas há um detalhe: é o único dos contos em que ele cogita ser louco, em que fala de "dois estados distintos de [sua] existência mental", levanta a questão do fingimento ficcional e dá um conselho aos leitores:

"Portanto, no que eu digo acerca do primeiro período, acreditem; e, àquilo que possa relatar do período posterior, deem apenas o crédito que lhes parecer cabido; ou duvidem de tudo; ou, se duvidar não puderem, então que façam como Édipo diante do enigma."

Fazer como Édipo diante do enigma é indagar da verdade de seu ser e de sua trajetória de vida na direção da morte. E é chegar a ela, não a partir dos dados fornecidos pela realidade exterior, mas de um desencobrimento do real a partir de uma sondagem interior (*alétheia*).[27] Mas é

---

[27] Em grego, "verdade" (e também "realidade"): *a-létheia* (*a* = prefixo que indica negação + *léthe* = esquecimento, esquecido). *Alétheia*: não esquecimento, não esquecido. Utilizada na filosofia de Platão, a palavra é retomada na de Heidegger referindo-se ao desvelamento da verdade do ser (sua essência) em contraposição à aparência do ente no qual o ser se oculta.

também culminar em exílio, errância e cegueira vidente. É marginalizar-se.

Partindo de "Berenice" e "Morella" (1835), passando por "Ligeia" (1839) até chegar a "Eleonora" (1843), ocorre uma alteração do movimento pendular entre amor e morte: no primeiro conto, o amor é negado[28] e a morte predomina; no segundo e no terceiro, há uma vitória parcial em relação à morte, exercida pela vingança e pela vontade — mas há, sobretudo, a presença de um amor intenso (pela substituta num, por meio dela no outro) contrapondo-se à morte; e, no quarto, o amor (por ambas, morta e substituta) triunfa sobre a morte, impregnando o discurso de lirismo em lugar do terror.

Percebemos, nesse processo, todo um percurso do sujeito, que se inicia com a inconsciência total de suas ações, passa por lutas e afinal alcança uma reconciliação com a realidade e o vazio, com base, entre outras coisas,

---

[28] Diz o narrador: "Durante os dias mais radiantes de sua beleza sem igual, eu certamente jamais a amara." Diz também: "e eu a havia visto [...] não como um objeto de amor, mas como o tema da mais abstrusa, ainda que despropositada, especulação." Há, porém, que atentar para o tempo verbal destas afirmações. Embora o amor seja negado no mais-que-perfeito distante, ele surge depois que Berenice adoece como "paixão da mente" em oposição a "sentimento do coração." Mais uma vez, trata-se de perguntarmos, como Raymond Carver: "do que estamos falando quando falamos de amor?". Neste caso, do que fala Poe quando fala de amor, paixão, sentimento? Em que medida esses conceitos todos convergem para um mesmo tipo de afeto mesclado de emoções contraditórias? Ou em que medida são eles desconstruídos, já que as oposições dialéticas entre eles e seus opostos correlatos revelam-se contraditórias e as dicotomias produzidas são constantemente minadas, o que só faz revelar a precariedade do amor romântico?

no deslizamento das muitas facetas que a mulher vem assumindo.

Afinal, de quem é a "voz doce e familiar" da absolvição em *Eleonora* senão a da própria consciência que aceita a morte sussurrante como inerente ao próprio ser, sem cindi-lo em dicotomia horrorífica? Essa voz que afirma "não [temer] a maldição que havia invocado", que não tem medo, nem tampouco medo de sentir medo, não afirma ela enxergar-se melhor a partir da transgressão?

Considerando o conjunto dessas mulheres como metáfora de uma carência (Penia) que jamais pode ser preenchida, ou que só pode ser preenchida parcialmente, é possível entender cada uma delas como metonímia que se desloca, se justapõe ou se acopla à outra para estruturar esse obscuro desejo impossível de satisfazer-se por completo, mas que astutamente (bom filho de Poros que é) aprisiona-a transitoriamente no símbolo-fantasma, sempre *revenant*.

No vaivém entre dois mundos, irradiando o absoluto naquilo que cada uma delas possui de mais característico, esse grupo representante da feminilidade (que, nas palavras de Poe, é aquilo que o homem ama na mulher) conduz, em seu deslocamento metonímico, ao inapreensível, incomensurável, irrepresentável e inominável.[29]

E ao sujeito de Poe que não entende a mulher, diante de sua morte — não apenas a da noiva ou esposa, mas

---

[29] Sim, estamos aludindo ao Real tal como definido por Lacan: aquilo "que nos escapa", "que retorna sempre ao mesmo lugar", que é "impossível de simbolizar".

por espelhamento a dele própria (companheira mais íntima, mais certa, enigmática e definitiva, constituinte do seu ser) –, só lhe resta fazer repetidamente, na «corrente de significação" que subjaz a seu discurso, a mais ontológica e irrespondível das perguntas e as que dela decorrem: quem sou (e, por extensão, quem és)? Quem em mim age, pensa, teme e faz as escolhas que se revelam aterrorizantes ou pacificadoras? Quem em mim se encontra em desamparo num mundo ameaçador ou, ao contrário, entrevê uma possível harmonia com o universo circundante? Quem em mim narra? Quem em mim ama? Ama o quê / a quem? Como ama? E por que ama?

* * *

Amar (ainda que odiando) a mulher que morre e volta a morrer sem cessar é, na escrita (e na leitura), enfrentar o inaceitável. É reinscrevê-la no discurso infindável a respeito do impossível, do que "não cessa de não se escrever",[30] mas ainda assim age no simbólico e, ao fazê-lo, gera uma luminescência que se irradia em novos significantes para o sempre mesmo incognoscível significado.

Amar o amor, amar a si e ao outro contra o medo, contra a morte e contra a *doxa*, pelo avesso (na per-versidade) ou pelo contrário (na ironia), na loucura e no

---

[30] Ainda o Real para Lacan.

vazio, e, por meio do ato criador que é a escrita literária entregar-se ao furo do traumatismo (do *trou*-matisme) que é o não saber, deixando escapar por ele a beleza que perdura, é ampliar, aprofundar e iluminar o abismo da consciência — a própria e a da humanidade, condenada a nunca saber o que ama; nem saber por que ama; nem o que é amar.

© *Copyright* desta tradução: Editora Martin Claret Ltda., 2016.

Direção
MARTIN CLARET

Produção editorial
CAROLINA MARANI LIMA / MAYARA ZUCHELI

Direção de arte e capa
JOSÉ DUARTE T. DE CASTRO

Diagramação
GIOVANA GATTI QUADROTTI

Ilustração de capa
DOUG LOBO

Tradução e notas
ELIANE FITTIPALDI PEREIRA/ KATIA MARIA ORBERG

Revisão
RINALDO MILESI

Impressão e acabamento
CROMOSETE GRÁFICA

A ortografia deste livro segue o novo Acordo Ortográfico da Língua Portuguesa.

Dados Internacionais de Catalogação na Publicação (CIP)
(Câmara Brasileira do Livro, SP, Brasil)

Poe, Edgar Allan, 1809-1849.
Contos de amor e terror / Edgar Allan Poe; tradução e notas: Eliane Fittipaldi Pereira, Katia Maria Orberg; [prefácio e posfácio Eliane Fittipaldi Pereira]. – São Paulo: Martin Claret, 2016.

"Edição especial."

ISBN 978-85-440-0128-8

I. Contos norte-americanos I. Pereira, Eliane Fittipaldi. II. Orbeg, Katia Maria. III. Título.

16-07201 CDD-813

Índices para catálogo sistemático:

1. Contos: Literatura norte-americana 813

EDITORA MARTIN CLARET LTDA.
Rua Alegrete, 62 – Bairro Sumaré – CEP: 01254-010 – São Paulo – SP
Tel.: (11) 3672-8144
www.martinclaret.com.br
1ª reimpressão – 2018